JN120002

新妻初夜

～冷徹旦那様にとろとろに愛されてます～

プロローグ

食われる。

まさにそんな言葉が正しい。

獰猛(どうもう)な肉食獣に捕まった私は、その鋭い目に縛られて、今まさに食(は)まれようとしている。

「あぁっ、イヤッ……」

胸を揉みしだく大きな手から逃れようとするも許してもらえず、シーツを強く握りしめて体をよじった。

「イヤ？　こんなに濡らしておいて？」

ショーツの中に手を滑り込ませて不敵に微笑む彼は、滴(したた)る愛液を無骨な〝男〟の指に纏(まと)わせて私の耳元でささやく。

「やっぱり、こんなことしちゃ——んっ」

その先を言えなかったのは、彼の熱い唇に口をふさがれたからだ。

「俺を煽(あお)っておいて、いまさらやめられると思っているのか？」

「でもっ……」

「気持ちよくしてやるから、力を抜け」

そんなことを言われても……

わずかに残った理性が、ダメだと叫んでいる。

首を振って抵抗するも、彼に腕をつかまれた途端、動けなくなった。

そんなに見ないで。

犯すような視線に、双丘の真ん中の尖りが硬くなっていくのがわかる。まるで触ってと主張しているようで、恥ずかしくてたまらない。

「今は全部忘れて俺に溺れろ」

その強引な言葉とは裏腹に頬に触れる指は優しくて、心臓がドクンと大きな音を立てる。

「お前はいい女だ」

甘い声でささやかれて、なぜだか泣きそうになった。

自信をすっかりなくした私にとっては、最高の褒め言葉だったのだ。

「ほんと、に？」

「ああ」

この優しさにすがりたい。なにもかも忘れて彼に溺れてしまいたい。

私はたくましい腕に包まれながら、彼とこんな関係になった経緯を頭に思い浮かべた。

鬼上司といきなり結婚⁉

「有馬(ありま)、ちょっと来い」

「はい」

突然かけられた男性の声に、ビシッと背筋が伸びる。

ここは、カフェを経営する会社『ラ・フィエルテ』の本社営業部。営業部一課に勤める私、有馬早緒莉(さおり)は、少々身構えながら声の主――営業部部長の柳原賢太(やなぎはらけんた)さんに視線を送った。

「お前、なにやったの？」

隣の席の先輩、二十六歳の私より三つ年上の男性、西村(にしむら)さんにつっこまれる。

「なにもしてませんよ」

「でも、叱られそうな雰囲気だろ」

たしかに。『ちょっと来い』から、褒(ほ)められるとは思えない。

「世界一のブレンドの生みの親は、世界一厳しいかも」

小声で話していると「有馬」と、もう一度呼ばれてしまった。

「は、はい。ただいま」

慌てて立ち上がり、少し離れた柳原さんのデスクに向かう。

顔が引きつってしまうのは、彼が鬼上司だからだ。

三十一歳になる柳原さんは、フィエルテの親会社『ＹＢＦコーポレーション』の現社長の次男にあたる。今はフィエルテの営業部部長という地位にあるが、近々フィエルテ、もしくはＹＢＦコーポレーションの社長に就任すると噂されている、私から見れば雲の上の人物なのだ。

とはいえ、彼がその地位にいるのは決して親の七光りというわけではなく、その能力は誰もが認めている。

彼が入社する前、フィエルテは業績不振で倒産の危機にあったという。しかし柳原さんの戦略があたって、売り上げがＶ字回復したらしい。

カフェ業界では昨今、海外資本の会社が業績を伸ばしているが、生粋の日本法人でそれに張り合える売り上げを誇るのは我がラ・フィエルテしかない。

それを成し遂げた柳原さんは、その手腕が評価されて、あっという間に営業部部長に駆け上がったのだとか。

特に、彼がこだわり抜いて豆を配合したブレンドは、今や我が社の看板商品として君臨している。

フィエルテのブレンドは、苦みはしっかりあるのに決して飲みにくいわけではなく、甘みと酸味の調和が絶妙で、香りも抜群。私がフィエルテに就職を決めたのは、このコーヒーに惚れ込んだからだ。

入社してから、厳選した豆を使用するだけでなく、焙煎方法や挽き方、抽出時間など、気が遠くなるほどの数を試してしてようやくできあがった逸品だと知った。

まさか、そのブレンドを生みだした人の下で働けるとは思っていなかったので、配属当初は舞い上がったけれど、〝妥協〟という文字を知らない彼は、とにかく厳しかった。

そのせいで声をかけられるたびに、背筋が伸びるのだ。

緊張でカチカチになりながら柳原さんの前に立つと、彼は書類から目を上げ、鋭い眼光を私に向ける。

「こんないい加減な企画はいらない」

「いい加減？」

濃紺のスリーピースを着こなす彼が突き返してきたのは、私が新規出店を目論んで上げた企画書だ。

一課は新規出店を手がけており、店舗向けのいい物件がないか、常に情報に目を光らせている。そして、ここと思う場所があれば、すぐに企画を上げてその土地を押さえる。

今回は、とある大学の近くにあった大型雑貨店が閉店して売りに出されるという情報を聞きつけ、そこを買いつけたいがために企画書を提出したのだ。

「ひとつ成功したからといって、次もそうとは限らない。前回とは環境が違いすぎる。同じ方法で成功すると思ったら大間違いだ。この周辺は大学以外なにもないじゃないか。集客できるのか？」

彼は右の眉を少し上げて、不信感全開の表情で質問してくる。

前回私が担当したのは、とある地下鉄の駅前の店舗だ。面積は狭いが地下一階、地上二階建ての店を作り、大成功。混雑時は行列ができる店になっている。

「もちろん、わかっています。今回はその大学の学生がターゲットです。マンモス校ですので、この校舎だけでも一万五千人ほどの学生が在籍しています。学生のみをターゲットにしても十分採算は取れると踏んでいます」

決して適当な提案をしているわけではない。きちんと下調べをして企画書を書いているので、堂々と主張した。

すると彼は、切れ長の目で私をじっと見つめた。

軽くパーマがかかっている柔らかそうな髪は清潔感あふれていてさわやかさ全開だが、長めの前髪から覗く目は鋭く、ロックオンされると動けなくなる。

眉目秀麗（びもくしゅうれい）という言葉がふさわしく、御曹司という最高の条件までのっている彼には、女子社員のあこがれの眼差しが常に注（そそ）がれている。しかし、とんでもなく厳しいのが玉に瑕（きず）。

道ですれ違ったら目で追ってしまうような人なのに、今は視線をそらしたくてたまらない。

「な、なんでしょう」

沈黙が苦しくて口を開くと、柳原さんはニヤリと笑う。彼がこういう笑い方をするときは、なにか裏がある。

「一万五千ねぇ。キャンパスが大きいから、学生が使う鉄道の駅はふたつある。有馬が出店したい場所はそのうちのひとつの近くだが、こちらを使用する学生は三分の一ほど。つまり一万五千ではなく、多くても五千の間違いだ」

最寄り駅がふたつあるのは承知していた。でも、二分の一じゃなくて？

朝の登校時に実際に駅に行ってみて、そちらの駅の出口から出てくる学生らしき人の数を地道に数えたりもした。もちろん毎日授業がない生徒もいるし、一時間目から登校するとは限らない。当然、電車を使わない生徒もいる。それでもその日は二時間ほどの調査で二千人近くをカウントしたので、いけると踏んだのだ。

「えっと、それは……」

どこ情報？

「大学の構内図、見たことがあるか？」

「いえ……」

構内図なんて関係あるの？

首をひねっていると、彼は厳しい表情でプリントアウトされた構内図を私の前に差し出した。大きな大学なので、さすがに校舎も多い。

「主に授業が行われる校舎はこの周辺に集まっている。こちらはグラウンドと部活の部室などが多い」

「あ……」

私が出店を目論（もくろ）んでいた場所は、グラウンド側だ。

「そしてグラウンドの横は理工学部の実験棟。実験があるときにしか使われない。学食などが入っていて、学生が集まる管理棟は反対側。構内を端から端まで歩くと、二十分はかかる」

そうか。敷地は両駅方面にまたがっていても、普段授業を受ける際に便利なのは、もうひとつの駅なんだ。

　こんなこと、考えもしなかった。

「一日あたりの駅の利用者数を調べたか？」

「いえ。自分の目で確かめたほうがいいと思ったので……」

　駅を利用するのは学生だけではないので、利用者数だけでは正確なところはわからないと思い、実際に足を運んで調べた。それで大丈夫だと確信したのだ。

「有馬が調査に行ったのは、いつだ？」

「一月二十三日です」

　忘れもしない。あの日は雪がはらはら舞っていて、体が冷えたせいか翌日熱を出してしまった。

「一月二十日が大学の創立記念日だ。そのため、その前後に特別授業が組まれている。二十三日はノーベル賞を受賞した名誉教授の公演があったのだが……」

「嘘……」

　それでいつもより人が多かったの？

　そこまで調査していなかった私は、すーっと血の気が引いていくのを感じた。もし知らずに意気揚々と出店していたら大失敗していたかもしれない。

「それと」

　彼はさらに別の資料を私に提示する。

「これは……？」

「今の管理棟の隣に建設中の新しい管理棟の概要だ。ここに入居するカフェを外部から募集するようだ。大学の生徒を狙うなら、断然こちらだな」

その資料は、大学構内に作る新たなカフェに関する資料だった。

建築科を持つその大学が、学内コンペで学生から案を募って新しい管理棟を造っているのは知っていた。その中に安く食べられる学食のスペースを作ることも。ただ、カフェは初耳だ。

「どうしてご存じなんですか？」

その書類をよく見ると、六日後の月曜の日付になっている。

「カフェらしきものを作る予定なのは、設計図と外観図を見ればわかる。あとは直接大学に聞いたら、もうすぐ募集をかけると教えてくれた」

設計図……。コンペの受賞作なので、おそらく誰でも見られる形でどこかに掲載されているのだろう。そこから予測して先手を打つとは。あんぐり口を開けるしかない。

「すみません。調査不足でした」

「そうだな。業績の足を引っ張られては困る」

うわ、そんなにズバリ言わなくても。少しくらい言葉をオブラートに包んでくれてもいいのに。

「で？」

あきれたような声を出す彼は、万年筆でデスクをトントンと叩いている。間違いなく不機嫌だ。

「はいっ？」

『で』ってなに？

「これ、有馬がやるか？　数字を上げる自信がないなら、別の者にやらせるが」

彼が浮かべるかすかな笑みが、失態を指摘されてショックを受けている私の心にじわじわ痛みをもたらしてくる。コテンパンに叩きのめされたあとに、この余裕を見せつけられるのはつらい。自分の力のなさをより実感してしまうからだ。

けれども、こんなふうに言われて、引き下がるわけにはいかない。

「やらせていただきます」

反発心と悔しさをぐっとこらえて、そう答えた。

「お手並み拝見といくか。当然外資も狙ってくるだろうが、有馬なら落とせるだろ」

「当然です」

しまった。乗せられて大口を叩いてしまった。でもあとには引けない。もちろん落とすつもりで取りかかる。

「それじゃ、よろしく」

「はい」

内心冷や汗たらたらになりながら、笑顔で返事をしてデスクに戻った。

「なんだった？」

「例の大学前、却下でした」

「マジか」

調査に協力してくれた西村さんが、眉をひそめる。

「これ……」

柳原さんに渡された構内カフェの出店に関する書類を渡すと、西村さんはざっと目を通し、「出店したら危ないところだった」とつぶやいた。

「そうですね。助けられました」

「でもこれ、なんで柳原さんが知ってるんだ？」

設計図からカフェの新設を予測したらしいことを話すと、西村さんは目を点にしている。

私と同じ反応だ。

「我らがボスは恐ろしいな」

「味方でよかったです」

ライバル社にいたらと思うとぞっとする。

「それで、有馬がやるの？」

「はい。今度こそ柳原さんをギャフンと言わせます！」

数々の成功例はあれども、柳原さんに助言を受けたものばかりなのだけど。

「おお、頑張れ」

柳原さんは誰もが認める有能な上司だが、部下の仕事にいちいち口を挟むようなことはなく、ある程度自由にやらせてくれる。しかし、今回のように肝心なところはしっかり手綱（たづな）を締めてくるのだ。ある意味、私は前を向いてひた走る馬だ。暴走しそうになると、柳原さんに止められる。

気合を入れるために胸のあたりまであるストレートの髪をひとつに束ねて、書類を再び手にした。

いつも危ういところで手綱を締められているのに、柳原さんをギャフンと言わせられる日が来るのだろうか。

「はぁ、私は馬か……」

「なんか言った？」

「なんでもないです」

西村さんにひとり言を拾われた私は、慌てて書類を読み始めた。

「どうしよう、これ……」

柳原さんから書類を受け取り、はや五時間。時計の針は二十時を指そうとしている。気がつけば残っているのは私だけになっていた。

大学構内のカフェ出店のために企画書を作っていたのだが、ありきたりすぎてライバル会社に勝てる気がしない。絶対に落とすと柳原さんに啖呵を切ったくせして、なにをアピールしたらいいのかわからないのだ。

正直、最近伸びてきたフィエルテよりも、外資系のカフェのほうが知名度が高く、学生の間にもその名が知られている。期間限定の新商品が出るたびに売り切れになる他社と戦うにはそれなりの武器がいるのだが、なにを武器に据えたらいいのかわからない。

うちはコーヒー豆にこだわりがあり、味には自信を持っている。〝フィエルテ〟とはフランス語で〝誇り〟という意味であり、その名に恥じないブレンドコーヒーを出しているとは思う。けれど、豆の違いをアピールしても弱い気がするのだ。学生にそこまでのこだわりがあるようには思えない。

それに、店内も外資系のカフェに比べると落ち着いていて地味な印象があり、どうしても話題性に欠ける。そのせいか〝カフェに行こう〟となったときに選ばれづらい。

私は落ち着いているところが気に入っているのだけれど……

今回、大学近くに店舗を出そうと考えたのは、大学生にもフィエルテの名を浸透させたいという想いがあったからだ。この店舗をきっかけに若い層へのアピールを、と考えた。

しかし、出店が大学構内と決まっており、なおかつ他社と競合して、となると簡単ではない。

構内ならば、客はほぼ大学生だ。もちろん、学食もカフェも外部の利用者が訪れるケースはあるが、割合から言ってごく少数だろう。

「うーん」

私はカフェの外観予定図をもう一度見直した。

名高い建築科で行われたコンペだけのことはあり、学生の案であっても完成度が高い。白レンガの壁に深緑のドアや窓枠が印象的で、まるでパリの小径(こみち)を歩いているかのような錯覚を起こしそうなほどおしゃれ。ノスタルジックな雰囲気を醸(かも)し出している。かと思えば、二階は一転、窓が大きく開放的なスペースになっていて、実に現代的だ。

この空間でフィエルテのコーヒーを飲めたら素敵だな。

妄想は膨(ふく)らむばかりだが、問題はなにも解決していない。

学生相手になにをアピールすべきなのだろう。

行き詰まった私は、デスクの上に置いておいたスマホに手を伸ばした。

「来てないか……」

画面を見て、ふぅ、とため息が出てしまうのは、彼氏の雄司(ゆうじ)に送った週末デートのお誘いへの返事が一向にないからだ。最近、雄司とは少し距離を感じていて、ついスマホをチェックしてはへこんでいる。

もう一度メッセージを送信しようか迷ったけれど、できなかった。また既読スルーされたらと思うと怖い。

「まだ終わらないのか？」

「えっ！」

誰もいないと思っていたオフィスで突然話しかけられて、イスから転げ落ちそうになるほど驚いた。

「お前、反応よすぎだろ」

あきれ顔で近づいてくるのは柳原さんだ。私は慌ててスマホの電源を落としてデスクの上に戻す。

「もうお帰りになったのかと。どちらにいらっしゃったんですか？」

「どちらって、自分の席だけど？　お前、没頭すると周りが見えなくなるタイプだな」

柳原さんのデスクは私の後方にあるので、振り向かなければ姿は確認できない。ただ、気配すらしなかった……と思ったけれど、私が没頭していただけか。

「帰るつもりだったが、仕事が終わる気配のない部下がひとりいてね」

「あ、すみません。お待たせしました？」

「まあ、俺がやれと命じたのだから、それなりに責任はあるし」

柳原さんは私の隣の席に座り、カフェの外観予定図を手に取った。

「ポンコツですみません……」

企画書くらいさっさと作れとお小言を食らう前に、謝っておく。

「なに予防線張ってるんだ？　俺にポンコツと言われたいのか？」

「言われたくないから謝ってるんです」

思わず本音をこぼした。

常日頃から厳しい柳原さんだが、特に叱るときの冷めた表情は震えあがるほど怖い。声を荒らげるでもなく淡々と間違いを指摘される時間は、エンマさまの前で断罪されるときのよう。直接的な言葉はなくとも「お前は無能だ」とじわじわ責められているかのようで、たとえ短時間でもへとへとになるのだ。

「まあ、ポンコツだな」

小さなため息とともに吐き出された言葉に、冷や汗が出る。

ああ、この強烈なひと言は胸に刺さってしばらく抜けないかも。先手を打ってみたが、結果は同じだった。いや、むしろ墓穴を掘った気さえする。

「だが、有馬が大学前に出店しようとしたのは、フィエルテの未来を考えてのことだろう？」

彼は外観予定図をデスクに戻して言った。

「未来と言うと、大げさすぎますけど……」

たしかに、現状の一歩先は考えていた。大人に人気のカフェという地位は得られてきているが、もっと若い層にも広げたいと思っての行動だったからだ。

「いや、結果的にそうだろう。フィエルテは若年層に弱い。皆それを知っているが、あえてそこに切り込もうとする者はいない。失敗する可能性が高いからだ」

失敗という言葉を聞いて背筋が伸びる。

この大学構内のカフェも、そうなる可能性がある。フィエルテがカフェ経営の権利を手にしても、うまくいくとは限らない。でも、成功させなければならない。

「若年層の攻略が課題だとわかっていても、他の誰かがやってくれると思っているヤツばかりだ。ただひとり、無謀にチャレンジし続ける社員を除いてね」

無謀と聞こえたような。もちろん、私のことだよね。

「無謀ですみません」

「へぇ、認めるのか」

まさか、またじわじわ叱られるパターン？

「自信がないのかと思ってたけど、あるんだな」

「自信？」

どういう意味？

「俺、一応褒めたんだけど。今のフィエルテに必要なのは、有馬みたいに未来を見据えて動ける人間だ。今までと同じことしかできなければ、いつか頭打ちになる」

「褒めたんですか？　それじゃあ、無謀はいらなくないですか？」

そこだけが強烈に刷り込まれて、褒められた気がしなかった。

「いるだろ。実際、無謀なんだから」

彼はデスクに頬杖をついて、冷たく言い捨てる。

褒めているのなら、少しくらい笑ってほしい。

「大学の件は時間をかけよう。フィエルテの新しい第一歩になるかもしれないんだ。必ず成功させて、フィエルテを誰からも認めさせる」

柳原さんの強い宣言に、空気がピリッと引き締まった。

こうして毎日叱られてばかりで怖いのに、近い将来、彼がトップに立ったらフィエルテはますます発展していくんだろうなと素直に思える。

彼の指摘は厳しいけれど的確で、反論の余地がない。新規出店を担当する一課だけでなく、既存店を回りフォローをしている二課もまとめていて、とてつもない仕事量だろう。それなのに、いつなにを尋ねてもすぐさま答えが返ってくる。しかも、内情をよく知っていないと出てこないような言葉ばかりで、隅々まで目が行き届いているんだなと、部下ながらに感心しているのだ。

でも……もしかしたらフィエルテを出てしまうかもしれない。

親会社であるＹＢＦコーポレーションの現社長――彼のお父さまには三人の息子がいる。長男は同じくＹＢＦコーポレーション傘下の食品輸入会社、三男も同じく傘下のレストラン経営に携わっており、三人とも近々それぞれの会社のトップに立つと予想されている。

しかもこのうちひとりは、おそらくＹＢＦコーポレーションの社長に就任するため、社内ではそれが誰になるのだろうといつも噂話が飛んでいるのだ。

一番有力なのは長男、学さん。三社の中では食品輸入会社が群を抜いた成績を残しており、今は専務として働いている。なんといっても長男であることから、ほぼ確定路線だともささやかれている。

三男の誠さんは堅実派と噂される。彼はレストランの運営会社で店舗開発本部長として活躍中だ。派手な改革はしたがらないようだが、市場の見極めがうまいらしく、新規出店や他社の買収などに能力を発揮しているとか。

そして、長きにわたり業績不振だったラ・フィエルテを任された次男の柳原さんは、貧乏くじを引かされたなんて陰口を叩かれていたそうだ。たしかにいまだ三社の中では売り上げは一番少ないが、成長率は高い。彼が『フィエルテを誰からも認めさせる』と力強く宣言したのは、他の二社を意識してのことに違いない。

そんな柳原さんを近くで見ていると、十分親会社のトップが務まりそうだなと思うのだけど、他のふたりをよく知らないのでなんとも言えない。彼より有能だったら、三兄弟のレベルの高さは凡人では想像できないほどなのだろう。

まあ、社長のイス争いなんて、私には関係がないのだけれど。

「今日はもう帰れ」

「そうですね。お待たせしてすみません」

どうやら、私が残っているせいで帰れなかったようだし。

「かなり待たされたな。だから車に乗っていけ」

柳原さんらしい皮肉めいた言い方だったが、意外にも親切な提案だ。

「でも、彼女さん怒りません？」

尋ねると、彼は一瞬眉を上げたあと私に冷たい視線を注ぐ。

訊いたらまずかった？

「なるほど。自分には俺の女を怒らせるくらいの魅力があると言いたいんだな」

「ち、違いますよ！」

焦って返すと「なら、乗ってけ」と決められてしまう。

彼氏の雄司からメッセージの返事すらもらえない自分に魅力があるとは言い難いが、柳原さんの彼女が嫉妬すらしないほど女として見てもらえないのも複雑だ。いや、彼女ができた人なのかもしれない。

地下駐車場で黒の高級車に乗せてもらうまで、そんなことばかり悶々と考えていた。

「さっきからなに百面相してるんだ」

車を発進させた柳原さんは、巧みにハンドルを操りながら口を開く。

「柳原さんの彼女さん、器の大きい方だなと思って」

正直に答えると、彼は小さなため息を落とした。

「お前、その妄想癖なんとかしろ。今、付き合っている女はいない」

「え？　彼女、いないんですか⁉」

意外すぎて、正直な声が漏れてしまった。

柳原さんともあろう人が？　別れても翌日、別の女性を連れて歩いていそうなイメージなのに。

「ちょっと失礼じゃないか？」

「すみません。意外だったんです。とっかえひっかえかなと……」

「ますます失礼だ」

「あ……」

心の声を口に出してしまい、もう一度「すみません」と謝っておく。

「もしかして一途だったりします？」

鬼上司のプライベートなんてこういうときにしか訊けないので、興味津々で尋ねた。すると彼は、チラリと私に視線をよこしてから口を開く。

「当然だ。有馬は違うのか？」

「んー、私は違いませんけど、相手のほうが違ったり……あはは」

なんとなく雄司が浮気をしているような気がするのだ。付き合いたての頃は、週末は必ずどちらかの家で一緒に過ごしていたし、平日の夜もしょっちゅう電話で話した。時間が合えば食事に行ったりもした。

そろそろ同棲する？　という話が出ていたのに、もう雄司の部屋に三カ月くらい呼ばれていない。

それどころか、二週間は声も聞いておらず、避けられている気がする。

「男がいるのか？」

「いるにはいるんですけどね……」

「意味深だな。浮気でもされてるのか？」

濁しているのに、グイグイ来る。仕事で責任を追及されているときみたいだ。

「いえ、わかりません」

雄司を信じたいのに、こんなに会えないと心が揺らぐ。

私だって寂しいんだから。

その気持ちを素直にぶつければいいのだろうけど、それをやってしまったら私たちの関係が終わりそうで怖いのだ。面倒な女になりたくない。

「女を不安にさせる男なんて、捨ててやればいい」

これまた鬼上司の意外な発言に、少し驚いた。

仕事では〝冷徹〟という言葉がぴったりだけど、私生活では情熱的な人なのかしら？

「柳原さんみたいにモテる人はすぐに次が見つかるから簡単に言えますけど、私みたいな凡人はそんなにホイホイ彼氏なんてできないんです。結婚……いえ、なんでもないです」

そんな話が出たことはないけれど、もう結婚してもおかしくない歳なのだ。

大学のときに仲がよかった友人三人は、すでに全員結婚している。四カ月ほど前にあったそのうちのひとりの挙式のときには、「次は早緒莉だね」とブーケを渡されもした。〝次は〟というよりは、残りは私だけになってしまい、結婚に対して焦りがあるのは否めない。

相手はもちろん雄司だと思っていたのだが、彼は冷めてしまったのだろうか。

連絡が取れないのは、彼の仕事が忙しいだけだと信じたい自分がいる。

「無神経なことを言った。すまない」

柳原さんが謝るところなんて初めて見た。

「いえ。私のことはどうでもいいんですよ。それより柳原さんです。彼女がいないなんてびっくりです。どんなタイプの女性が好きなんですか？」

彼女がいないと知ったら告白する女子社員が殺到しそうだな、なんて考えながら尋ねる。

いや、でも……皆、彼の厳しさを知っているから、遠くから眺めてキャーキャー言うにとどめる気もする。

「女より仕事だ」

「バカな質問でした」

鬼相手に、ちょっと調子に乗りすぎたらしい。質問をバッサリ切られて口を閉じた。

やっぱり怖い。

車内に沈黙が訪れる。車に乗ったことを後悔しつつ窓の外を見ていると、赤信号でブレーキを踏んだ柳原さんが、にぎわいを見せるとある店に視線を送って口を開いた。

「あの店、知ってるか？」

「カフェでしたよね、たしか」

フィエルテのようにチェーン展開はしていないが、名前は聞いたことがある。

「そうだ。少し前から夜はバーとして営業している」

「バー、ですか」

「フィエルテも、こういう業務形態にチャレンジしてみたいと思っているんだ」

フィエルテのコーヒーをどうしたらたくさんの人に飲んでもらえるかを日々考えてはいるが、バーなんて思いつきもしなかった。

「そうなんですね。おいしいカクテルがたくさんあって、食事もできるのなら通いたいかも」

「このように時間を区切って業務形態を変えるのもいいし、思いきって一店舗、専用の店を出してみてもいい。フィエルテもおしゃれなカフェとして定着してきた。そのブランドイメージを生かさない手はない」

私が若年層へのアピールを目論んだのと同じように、柳原さんも別の角度からフィエルテの未来を模索しているんだ。

厳しい人だけど、やはり切れ者だ。業績好調でも、現状に甘んじるところなど微塵もない。

「素敵かも」

「じゃあ、有馬がやれ」

「え？」

ただ感想を漏らしただけなのに、すました顔をした彼からとんでもない命令が下ったような。

信号が変わり再びアクセルを踏んだ彼は、チラリと私に視線をよこした。

「素敵なんだろ」

「そうですけど……なんですか、この展開」

「さあ？」

もしや、これを言いたいがために送ってくれたの？

策士な彼ならやりかねない。

しかし先輩が多数いる一課で、まだまだ未熟な私に白羽の矢が立つとはびっくりだ。

「新しいものに突き進んでいく度胸があるのは有馬だけだ。他のヤツらは自分の損得を考えて、無難な仕事しかしたがらない」

「あのー。それ、私が損得も考えられないバカみたいなんですけど」

指摘すると彼はかすかに笑った気がした。いや、気のせいか。

「そうかもな」

「は？」

聞き捨てならないことを言われたような。

「大学も抱えてるから無理か」

「いえっ、やり……」

『やります！』と答えそうになり、慌てて口を押さえた。

これも絶対に誘導されている。負けず嫌いの私の性格を、彼はわかっているのだ。

ただ、チャレンジしてみたいという気持ちも湧き起こる。

「迷ってるのか？」

「そうですね。うちの部長、厳しいんですよね」

そう言うと、「そうだな」と素知らぬ顔でうなずいている。

「でも、その部長に任せてもらえるのも光栄なんです」

「俺も手を貸す」

柳原さんが手を貸してくれるなら……

ううん、彼に手伝ってもらったらとんでもなく厳しい条件を吹っかけられそうだ。でも、彼の手腕は誰もが認めるところ。彼を納得させられたら、成功は間違いない。

「プレゼンの期日が決まっている大学を優先すればいい。プレゼンまでは有馬が主として動き、うちが落としたらあとは西村にやらせる。カフェバーはそのあと始動だ。男が女を口説きたくなるような場所を演出してくれ」

男が女を口説きたくなる？

彼氏に浮気されているかもしれない私に、なんてハードルの高い要求をするのだろう。

眉をひそめると、彼は左の口角をかすかに上げる。

物怖じしているのか？　と挑発された気分だ。

やっぱり彼をギャフンと言わせたい。

「両方ともお受けします」

鼻息荒く承諾すると、彼は満足げに「よろしく」と小さくうなずいた。

のせられたのは自覚しているが、他にも優秀な先輩が多数いるのに、私を指名してくれたことをありがたく受け取りたい。期待してもらえているのだろうし。

いや、ただ単に、今日たまたま私が残業していたから捕まっただけ？

この鬼上司の腹は簡単には読めそうにない。

とにかく、引き受けたからには成功させる。

「これもブレンドを世に広めるための試練ですね」

「試練というほどじゃないだろ」

できる人は、必死に努力しなければ結果を残せない者の気持ちなんてわからないのだろう。

……そうでも、ないか。今のブレンドを作るのに苦労したと聞いたし。

「ブレンドの開発、すごく時間がかかったんですよね。試練でしたよね」

「まあそうだな。おかげで商品開発部からは煙たがられている」

彼が涼しい顔で言うので、噴き出しそうになった。

自覚してるんだ……

「煙たがられるくらいどうということはない。フィエルテの業績を伸ばすためならどんな手でも使うし、必要な改革はなんでもする。有馬が欲しい商品があれば、商品開発にかけ合えばいい」

やはり厳しい人だ。これだけ業績が上向きでも、まったく満足している様子はない。

でも、そうか。カフェバーとなるとほとんど新商品になるわけだし、大学のカフェも若年層向けの商品があれば武器になる。既存の商品だけでの差別化が難しければ、新たに作ればいいんだ。

「ワクワクしてきました、私」

正直に胸の内を告白すると、彼はかすかに微笑む。

「それじゃあ、商品開発に嫌われてこい」

嫌われるの？

煙たがられるのと意味は同じだろうが、言葉のインパクトが強くて胸に衝撃が走る。

「ちょっとお願いする程度で……」

「それで納得するものができれば構わないが、有馬のワクワクはその程度なんだな」

「嫌われてきます！　徹底的に」

なんの宣言をしているのだろう、私。

完全に転がされている気もしなくはないが、新しい試みを成功させるという意気込みは十分だった。


翌日からは、ますます仕事に没頭した。

相変わらず雄司からは返事がない。余計な不安を頭から追い出すには、仕事に夢中になるのが一番だ。

「女は期間限定という言葉に弱いんですけど、男性はどうなんでしょう」

大学へのプレゼンの参考にと、隣の西村さんに尋ねる。

「まあ、魅かれるよね。今じゃないと飲めないんだから行っておこうとなるかも。ただ、ブレンドの配合の違いくらいでは、正直ちょっと……」

「そうですよね」

看板商品のブレンドコーヒーを軸にあれこれ考えてみたが、やはり弱いだろうな。

「世界一の配合を変える勇気ないしなぁ」

私自身ですら、期間限定の新しいブレンドが発売されても注文しない気がする。今のブレンドを愛しすぎているからだ。

「ブレンドはそのままがいいんじゃない？」

「そうですね。他のメニューか……。ジュースだ！　ちょっと商品開発行ってきます」

「あぁ、うん」

目をぱちくりさせている西村さんを置いて、営業部を飛び出した。

廊下で会議から戻ってきた柳原さんとすれ違う。

「そんなに急いでどうした？」

「嫌われに行ってきます」

「は？」

間の抜けた声を出した柳原さんだったが、すぐに理解したのか、「行ってこい」と見送ってくれた。彼に相談するのは、この商品ができるかどうか聞いてからでいい。

私がピンと来たのは、フルーツをたっぷり使った野菜ジュースだ。大学生くらいのお年頃ならスタイルを気にしている人も多いだろう。ヘルシーで美容にもよく、なおかつおいしければ、人気が出るのではないかと思ったのだ。

ダイエットのときに一食このジュースに置き換えるとか、日差しの強い時季には、美肌効果が高いジュースを置くとか……悩みに合わせたレシピをいくつか提供することで、幅広い需要があるのではないかと考えた。

ただし、味がおいしいのが絶対条件。野菜ジュースと聞くだけで〝おいしくない〟と思う人もいるのを知っているからだ。

商品開発部に飛び込んで近くにいた男性社員を捕まえると、〝面倒そうなのが来た〟という顔をされた。でも、柳原さんもこの試練を乗り越えて成功をつかんだのだと思ったら、ひるまずに話ができた。

「わかった。上の人に話しておいてあげるから、どんなのが欲しいのか具体的にして。そうじゃないと試作品もできない」

「もちろんです。ありがとうございます！」

やっぱりこの仕事を引き受けてよかった。新規開拓は数々手がけてきたが、商品開発まで踏み込んだのは初めての経験。今までは、すでにある商品でどう戦うかを考えるのが仕事だったが、新しい武器の提案ができるなんて、またとない機会だ。

意気揚々と営業部に戻った私は、どんな商品がいいのかを考え始めた。

その週はひたすら大学の企画案を練り、迎えた週末の金曜日。一課の会議で提案することになった。

会議には柳原さんも出席したのでかなり緊張したが、社内での失敗は失敗の内には入らないと考えを披露した。

「野菜ジュースね。下宿してた頃にあったら飲んでたかも。食生活メチャクチャだったからなぁ」

男性の先輩社員が漏らす。

「でも野菜って言われると、ちょっと遠慮したくなるわ、私」

女性の先輩にも指摘を受けた。

「今回は、野菜を前面に押し出すわけではなく、味を重視したいと考えています。それと、将来のシミ予防ジュースとか、明日までに体重を落とすジュースとか、ちょっとおもしろいネーミングを考えてもいいかなと。〝このおいしいジュースには、実は野菜が入っていて、健康管理にも役立ちますよ〟という方向に持っていきたいんです」

私が考えを述べると、あちらこちらから笑いが起こる。

「シミ予防って……有馬はいつも奇想天外だな。お前の脳みそどうなってるの？」

課長に言われて、苦笑する。それはダメ出しなのか、褒めているのかどちらだろう。

課長の隣に座っている柳原さんは腕を組んだまま微動だにしない。期待外れだったのだろうか。

嫌な雰囲気が漂ってきて、それ以上なにも言えなくなった。

誰ひとりとして口を開こうとせず、私が作った資料をペラペラとめくる音だけが響く。

「新しいラ・フィエルテを作っていかなければ、未来はない」

沈黙を破ったのは柳原さんだ。

「無難にフラッペあたりで外資への対抗策を出してくると思っていたが、斬新な案だと思う。学生の健康管理もできるとアピールすれば、大学関係者の興味も引けるんじゃないか？」

よかった。賛成してくれているんだ。

安心したら肩の力が抜けた。

「ネーミングセンスは別として」

そこはダメらしい。

「有馬の考える方向性でよさそうだな。これが成功すれば、次は大学生をターゲットにできる」

ひととおり議論されたところで課長が言う。

自分の案が採用されてホッとしたのと同時に、絶対に成功させると気合を入れた。


雄司から返事が来たのは、帰り支度を始めていた十八時少し前。

メッセージの着信に気がついた私は、残っている人たちに帰りの挨拶(あいさつ)をしたあと、トレンチコートを羽織(はお)りながら廊下に出た。そして、部署から少し離れたところでスマホを確認する。

【ごめん。出張が入ってるから無理だ】

そんな一文を見て顔をしかめる。

出張って……。それなら前もってわかっていたでしょう？　今までどうして返事をくれなかったのよ。

雄司に振り回される生活がつらい。どれだけ彼を待っても、デートもできないなんて。

本当に忙しいだけなのかな……

断られたのは今週だけではないので、不安でいっぱいになる。

そのとき、再び雄司からメッセージが届いた。次のデートの提案ではないかと期待してそれを開いたのに、一瞬にして顔が引きつった。

【今晩、俺ん家来いよ。明日、恵（めぐみ）が行きたいって言ってたランチ食いに行こう】

「恵って、誰？」

送る相手を間違えた？　でも、明日は出張なんでしょ？

スマホを手にしたまま動けないでいると、先ほどのメッセージが消えて【雄司がメッセージの送信を取り消しました】と変わった。送り先の間違いに気づいたようだ。

でも、もう見てしまった私はどうしたらいい？

こんな形で浮気を確信するなんて最悪だ。

気がつくと涙がこぼれていて慌てて拭（ぬぐ）う。

どうして会社でメッセージをチェックしてしまったのだろう。出てからにすればよかった。いくら止めようとしても涙が止まらない。

拭（ぬぐ）っても拭（ぬぐ）ってもあふれてくるのに、こんなときに限って誰かの足音が近づいてくる。会社を出ようにも、エレベーターはその足音がする方向だ。しかし営業部に戻るわけにもいかず、ハンカチで目頭を押さえてうつむいたままエレベーターを目指して歩きだした。

コツコツと革靴が床を蹴る音がさらに近づいてきて、やがてきちんと磨かれたウイングチップの黒い靴が視界に入った。

「お疲れさまです」

顔を伏(ふ)せたまますれ違おうとすると、グイッと腕を引かれて戸惑う。

「えっ……」

私の腕をとったのは、柳原さんだった。

彼はなにも言わずに私を連れて、エレベーターホールのほうに戻っていく。

「あのっ」

顔色ひとつ変えず黙っている彼は、なぜか私の手を握ったままだ。やがてやってきたエレベーターに私を押し込んで、自分も乗ってきた。

「飲みに行くぞ」

「飲みに？」

もしかして、慰(なぐさ)めようとしているの？

「大丈夫ですから」

「大丈夫なのに泣いているのか？」

「それは……」

仕事中と変わらない鋭い指摘に、まともな返事が見つからない。

「お前は簡単に泣く女じゃない。どれだけ雷を落とそうが無理難題を押しつけようが泣かないだろ？」

そうはいっても、仕事とプライベートは別だ。

なんと答えようか迷っていると、彼はスマホを取り出してどこかに電話をかけ始めた。

「柳原だ。悪いが今日の面談は延期させてくれ。来週の火曜の同じ時間で」

仕事を断ってるの？

「仕事を優先してください」

電話を切った彼に慌てて伝える。

「二課の課長との定期的な面談だから特に問題ない。それより有馬だ」

「私は仕事のことで泣いているわけじゃないんです。ごめんなさい」

もしかしたら仕事に行き詰まって泣いたと思われているのかもしれないと焦る。

「わかってる。だから、お前は仕事がうまくいかないからといって泣いたりしないと言ってるだろ」

なぜか叱られたが、仕事の悩みではないとわかっているのに彼が時間を割こうとしていることに驚いた。

「降りて」

少し強引に促されてエレベーターから降りると、地下駐車場だった。断る気力すらなく、言われるがまま車に乗り込む。

車内では無言で、私はひたすら窓の外を眺めていた。

間違いメッセージのあと、雄司からはなにもない。既読マークがついたはずなので、私が読んでしまったのはわかっているはずだ。それなのに言い訳ひとつないのは、よほどテンパっているのか、もう終わってもいいと思っているのか……

多分後者だろうなと思うのは、最近のよそよそしさから推測するに、浮気が今回だけではないと感じるからだ。きっと、恵さんが本命になったのだろう。

柳原さんの車は、海外の要人もよく使う一流ホテルの地下駐車場に入っていく。

「ここに行きつけのバーがある。そこでいいか？」

「はい。でも車……」

彼が飲めない。

「俺は部屋を取る。だから気にせずに飲め」

私はこんなホテルに泊まろうなんて考えたこともないのだが、やはりＹＢＦコーポレーションの御曹司ともなると違う。

ここまでついてきたのだから、お言葉に甘えよう。今はお酒の力を借りてこのつらさを忘れたい。

一旦フロントに寄って部屋を取った彼は、三十階にあるバーにエスコートしてくれた。

慣れた様子で私のコートを脱がせてクロークに預けると、スッと手を差し出してくる。

もしや、握れと？

こういう高級店でのマナーなんてまったく知らない私は、おどおどしながら柳原さんの手に自分の手を重ねた。

満足そうにうなずいた彼は、数歩進んだあと今度は私の腰を抱き、窓際の席に連れていってくれる。

店内は照明が落とされていて落ち着いた雰囲気だ。一つひとつのテーブルも離れているため、あまり他の客が気にならない。

シェイカーを振っているバーテンダーのうしろの棚には、大量のお酒のボトルがずらりと並べられていた。

「なに飲む？」

「私、くわしくなくて。おすすめがあればそれを」

「それじゃあ、私はマティーニ。彼女にはロングアイランドアイスティーを」

私の対面に座った彼は軽く手を上げてウエイターを呼び、てきぱきと注文を済ませた。

「ロングアイランドアイスティーって、たしかアルコールが強いんですよね」

「そう。女を酔わせて持ち帰りたいときに注文するカクテルだ」

「えっ？」

彼の言葉に過剰に反応してしまったが、だから飲みすぎるなという意味だろう。それに今日は酔いたい気分なので、少し強いほうがいい。

いつの間にか涙が引っ込んでいる。柳原さんが一緒にいてくれて気が紛れているようだ。

カクテルと一緒に、生ハムとチーズの盛り合わせも運ばれてきた。

「これ、頼みましたっけ？」

「いつも食べるから、なにも言わなくても出てくるんだ」

本当に常連なんだ。

「空腹にこのカクテルはきつい。食べながら飲め」

「ありがとうございます。お言葉に甘えます」

私がグラスに手を伸ばすと、彼はなにも言わずに自分のグラスを目の高さまで上げて乾杯のポーズを取り、口に運ぶ。だから私も真似をした。

「さっき商品開発の石井部長に、面倒な部下をお持ちのようでと言われたよ」

「すみません……」

慌てて謝ると、彼は首を横に振った。

「多分、褒め言葉だ。俺も散々面倒な男だと言われたんだ。でも、配合を変えた新しいブレンドが完成したとき、成功すると思ってたと笑ってくれた」

商品開発部の部長は、たしか五十代のベテランだ。その彼から成功を確信されていたなんて、光栄なことだ。

「私も期待してもらえてるのかな」

「面倒なのは本当だろうけどね」

せっかくテンションが上がりかけたのに、そのひと言はいらないでしょ。

それにしても、涙の理由を根ほり葉ほり訊かれると思っていたのに、なにも追及されなくて拍子抜けだ。

その後黙り込んだ彼は、窓の外に広がる夜景を見ながらマティーニを口に運んでいた。

きっといつもこうしてリラックスしているのだろうなと思いつつ、私も特になにも話さずカクテルを飲み続ける。

しかし雄司のメッセージがふと頭をよぎり、泣きそうになった。

彼は今頃、恵さんと会っているのだろうか。家に誘ったのだから、当然会うだけでは済まないだろう。私を抱いたあのベッドで、彼女を……

「有馬?」

「すみません」

涙がこぼれてしまい、慌てて拭う。

「お前が話したくないなら訊かない。でも、話せば楽になることもあるぞ」

楽になるのだろうか。

もしかしたら彼は、私が彼氏に浮気をされたと確信しているのかもしれない。先日家まで送ってもらった際に、そんな話をしたからだ。

そういえばあのとき、『女を不安にさせる男なんて、捨ててやればいい』と言われたな。それなのに、捨てる前に捨てられてしまった。ううん。もうずっと前からあやしいと思っていたのに、結婚を夢見ていた私は、雄司を捨てられなかったんだ。

なんてバカなんだろう。自立した女性になりたくて仕事を頑張ってきたのに、平気で浮気をする男にずるずる引きずられて、都合のいい女に成り下がっていたんだ、私。

いたたまれなくなり、カクテルを喉に流し込む。

「ピッチが速すぎだ」

心配そうに私を見つめる柳原さんに、ほとんど空になったグラスを取り上げられてしまった。けれど、彼はもう一杯同じものを頼んでくれる。私が酔いたい気分だとわかっているようだ。

「私……やっぱり浮気されてたみたいです」

なんとなく察しているだろう彼に打ち明けた。

「そうか」

「バカですよね。そうじゃないかと疑ってたのに、怖くて訊けなかった。気のせいだと思おうとしてました」

涙が止まらなくなり、落ち着こうと深呼吸すると、柳原さんの手が伸びてきて私の頬の涙をそっと拭った。

「有馬はバカじゃない。一途だっただけだ」

あきれているのではないかと思ったのに、一途だと言ってもらえて少し救われた気持ちになる。

でもきっと、彼が考える一途とは違う。

雄司以外の男性を視界に入れなかったという点では一途だった。けれども、結婚を夢見ていたから雄司から離れられなかっただけで、出会った頃のような強い〝好き〟という感情はもう持っていなかったように思う。それも、浮気を疑っていたからかもしれないけれど。

「私、結婚にあこがれていたんです。周りの友達が皆結婚してしまったから、取り残されたみたいで焦ってました。だから浮気に勘づいていたのに、気づいていないふりをして……」

「そうか。別れを切り出されたのか？」

柳原さんはかすかに眉をひそめる。

「いえ。雄司が――彼が、浮気相手に送るメッセージを間違えて私に送信してきたんです。私には出張だと言ってデートの誘いを断ったくせに、その彼女を家に……。よく考えたら、地方に支店を持っていない会社の経理部に泊まりの出張なんてあるはずないのに」

フィエルテは全国展開しているので、柳原さんクラスになるとしょっちゅうどこかに飛んでいく。だからそういうものだと思っていたが、よく考えるとおかしい。

声を震わせながら告白すると、彼が励ますようにテーブルの上の私の手をそっと握った。

「お待たせしました」

ウエイターがロングアイランドアイスティーをテーブルに置いた。すると柳原さんは、それを私のほうにずらしてくれる。

「ゆっくり飲め」

「ありがとうございます」

私はカクテルに口をつけ、気持ちを落ち着けようとした。

あと何杯飲んだら、雄司を忘れられるだろう。いや、裏切られた心の傷はなにをしても癒えない気がする。

「そんな男はもう忘れろ」

「そう、ですね」

それができたら簡単なのに。忘れられれば、上司相手に愚痴をこぼすような醜態をさらさずに済む。

あの間違いメッセージのあと、フォローの電話ひとつない。電話なんてかけられないか。言い訳できない内容だったし。

ああ、頭の中がぐちゃぐちゃだ。

カクテルを飲みながらひとりで葛藤していると、今度は桃の香りが漂うベリーニを注文してくれた。口当たりがいいせいもあって勢いよく飲み進んでいたものの、途中で柳原さんにグラスを取り上げられてしまった。

「一気はやめろ」

「すみません」

「この際、もやもやは全部吐き出せ」

柳原さんの表情は険しくて、まるで私の痛みを同じように感じてくれているかのようだった。

「……私、魅力ないんだろうな」

仕事は充実しているけれど、その分、私生活に気を回せない。

自分に〝女子力〟なるものが備わっているとは思えないし、男性に甘えるのも得意じゃない。彼女、そして結婚相手として選ばれるには、いろいろなものが欠如しているんだろうなと考えてしまう。

「そうかな」

「えっ？」

「お前は十分魅力的だと思うが。それに気づかない男の目が節穴なだけ。そんな男、お前が捨ててやればいい」

柳原さんって、こんなに優しい嘘がつける人なんだ。私があまりにボロボロだから、そう言うしかないのか。

「あはっ、ありがとうございます」

今はお世辞でもいい。温かい言葉に包まれたい。

やはりピッチが速すぎたのか、酔いが回りふわふわしてきた。

いつもならこんなに早く酔ったりしないんだけどな。

「有馬、大丈夫か？」

「……はい」

そう返事をしたものの、頭がボーッとしてきた。ただ、裏切られた痛みだけは鮮明に浮かび上がり、私を苦しめてくる。

「なんで……」

「有馬？」

「私、なにかした？」

幾度となくスマホをチェックして、デートＯＫの返事を期待して待っていたなんて、バカみたいじゃない。

「有馬。出よう」

向かいにいたはずの柳原さんがいつの間にか隣にいて、私の肩をトントンと叩く。

「すみませ……」

立ち上がろうとしたが、よろけて彼に支えられた。

抱(かか)えられるようにしてバーを出たところで、不意に抱き上げられて慌てる。

「だ、大丈夫ですから」

「全然歩けてないぞ。つかまってろ」

それ以上拒否する気力もない私は、おとなしく彼に抱かれたままエレベーターに乗った。

涙がこぼれそうで目を閉じていると、エレベーターが到着して柳原さんが歩き始めたようだ。

そういえば、彼はここに泊まるんだった。タクシーで帰らなければ。

回転の鈍(にぶ)った頭でそう考えて目を開いたら、そこがロビーではなかったので驚いた。

「あれ?」

「このまま帰せない。俺の部屋に泊まれ。俺はもうひと部屋取ってくるから」

こっぴどい捨てられ方をした私にも、まだ優しい言葉をくれる人がいるんだ。

心がすさんでいるせいか、そんなふうに考えてしまい、目頭が熱くなる。

「気分悪い?」

「大丈夫です」

涙をこらえようとして顔をしかめたからか、気遣ってくれる。

やがて部屋に到着すると、彼は私をベッドに下ろした。

「水飲むか？」

うなずくと彼は一旦離れていき、ペットボトルの水を持ってきてキャップをひねってくれた。

「ゆっくり寝て。それじゃあ」

柳原さんはまるで子供をあやすかのように私の頭をポンと叩き、離れていく。それが妙に寂しくて顔をしかめた。

「行かないで」

とっさに彼の腕をつかんでしまったものの、ハッと我に返る。

私、なにしてるんだろう。

「ごめんなさい。なんでも――」

慌てて手を放したが、彼は振り返り、私からペットボトルを取り上げる。そして水を口に含み……

「ん……っ」

なんと口移しで私に飲ませようとした。

「下手だな。ちゃんと飲め」

うまく飲めずに口からこぼれてしまう。すると、彼は有無を言わさずもう一度繰り返した。今度はゴクンと飲み込めたが、熱い眼差しを注がれて息が止まりそうになる。

「お前、わかってる？」

「なに、が？」

「俺も男なんだけど」

その質問に答えられない。多分、わかっていて引き止めたのだ、私は。

「忘れさせてやろうか」

彼はベッドに上がってきて私の顔の横に両手をつき、艶やかな視線を向けてくる。

「有馬……」

そして、私の頬にそっと触れた。過激な発言とは裏腹にその触れ方があまりに優しくて、すがりつきたくなる。

「……忘れ、させて……あっ」

首にこぼれた水に舌を這わせられて声が漏れる。

「お前がいい女だとわからせてやる」

ジャケットを脱ぎ捨てた彼は、体を密着させて私を抱きしめた。

すぐさま重なった唇が熱くてクラクラする。遠慮なしに唇を割って口内に入ってきた彼の舌が、私のそれを絡めとり、うごめく。

「ん……」

ため息まじりの甘い声が漏れてしまい焦ったものの、彼はお構いなしにキスを続ける。

雄司も、今頃恵さんを抱いているのだろうか。ふとそんなことが頭をよぎる。

「なに考えてる」

一旦顔を離した彼は、私の心の中を探るように視線を合わせてきた。

「いえっ」

「俺がお前を抱くんだ。余計なことは考えるな。ま、考えられないようにしてやるけどな」

ネクタイをシュルリと外して放り投げた彼が、再び唇を重ねてくる。

何度も角度を変え、貪るようなキスが続く。逃げても逃げても、彼の舌が私のそれに巻きついてきて放してくれない。

「はっ……」

息が苦しくなり彼の胸を押した。しかし、すぐに顎を持ち上げられて唇が重なる。しばらくしてようやく離れた彼の唇との間に銀糸が伝った。こんなに激しくて情熱的なキスは初めてだった。

「全然足りない」

私は息を切らしているのに、彼は私の唇を指でなぞり余裕の顔だ。

「スイッチ、入った？」

再び距離を縮めてきた彼は、今度は私の耳元でささやく。

「違っ……」

全身が火照り、彼を求める気持ちがあふれてきそうなのに、恥ずかしくて否定する。

「嘘つきにはお仕置きが必要だ」

ゾクゾクするような甘い声で言う彼は、耳朶を甘噛みしたあと私の首筋に舌を這わせ始めた。

「待って」

「待てない。お仕置きだって言っただろ？」

彼は私のセーターの裾から手を入れ、ブラの上から胸をつかんで揉みしだく。

「有馬は感じてるだけでいい。お前の頭の中、俺でいっぱいにしてやる」

「あぁっ、イヤッ……」

「イヤ？　こんなに濡らしておいて？」

スカートをまくり上げてショーツの中に手を入れてきた彼は、花弁を指で押し広げて、恥ずかしい液体が滴る口をなぞる。

ダメ。触れられたらますます蜜があふれてしまう。

彼氏の裏切りを上司に慰めてもらうなんて間違っている。いくら心が傷つきそこから鮮血が噴き出しているからといって、越えてはならない一線を越えようとしているのだと自覚した私は、体をひねって彼の手から逃れようとした。

「やっぱり、こんなことしちゃ――んっ」

私の拒否の言葉は、彼の唇に吸い取られてしまった。

「俺を煽っておいて、いまさらやめられると思っているのか？」

「ごめんなさい。でもっ……」

たしかに引き止めたのは私だけれど、酔った勢いもあった。

「気持ちよくしてやるから、力を抜け」

彼の目を見つめて首を横に振り、ダメだと伝えているのに、どんどん体が火照ってくるのはどうしてだろう。

「今は全部忘れて俺に溺れろ。お前はいい女だ」

そう言われた瞬間、じわりと涙があふれてきた。

「ほんと、に？」

「ああ」

指を絡めて私の手をしっかりと握る彼は、見たことがないような柔らかな表情でうなずく。

「誰でもいいなら、あとくされのない女を選ぶ。部下なんて、最高に面倒な相手だ。それでも抱きたいと思ったんだ」

説得力のある言葉に、心が揺らいだ。

瞬きすると目尻から涙がこぼれていく。彼はそれをそっと拭ったあと、私の額に唇を押しつけた。

「どうしても嫌ならやめる」

強引だったくせして、最後は私の意思を聞いてくれる優しさを感じる。私は彼を見つめたまましばらく黙っていた。そして……彼もまた、視線を絡ませたまままなにも言わない。

張り詰めた空気が緊張を煽ってくる。

私が受け入れると伝えなければ、きっとこの先には進まないだろう。

私、どうしたいの？　今頃他の女を抱いている雄司に操を立てて柳原さんを拒み、ずっと泣き続けるの？

そもそも言い訳の電話ひとつないのは、雄司が私との関係を清算しても構わないと思っているからに違いない。彼にとって私は、その程度の女なのだ。

自問自答してみると、すでに答えが出ていた。

もう、無理だ。雄司と同じ未来は歩けない。

「……抱いて、くだ――んあっ」

その言葉を合図に、彼は欲情をむき出しにして私を翻弄しだした。

あっという間にセーターをまくり上げ、いたるところに舌を這わせてくる。

体が火照るのは、アルコールのせいなのか、それとも彼の愛撫が情熱的だからかわからない。

「んっ」

彼は私の唇をふさぎ、大きな手で円を描くように胸をまさぐった。ブラをずらされそうになり恥ずかしさのあまりうつぶせになると、背中にも舌を這わせてくる。尖らせたそれで背骨の凹凸をなぞり、徐々に上がってきたかと思うと、ブラのホックを外してしまう。

「理性なんてすぐに吹き飛ばしてやる」

うしろから抱きしめられて耳元で艶やかにささやかれ、体がゾクッと震える。

「あっ……」

彼はシーツと私の体の間に手を滑り込ませた。そして自由になった双丘をすくい上げるように手で包み込み、ツンと主張する先端を指で撫で始める。

「あぁっ、ダメッ」

「ダメと言うわりには、耳まで真っ赤だぞ」

イジワルな言葉になにも返せない。胸の尖りを指でつままれた瞬間、強い快感に襲われたからだ。

「こっち向いて。かわいがってやれないだろ?」

ゆっくり顔を彼のほうに向けると、待っていたかのように唇が重なる。キスに没頭している間に、あっさり仰向けにされてしまった。

彼は私の腕をシーツに縫いとめ、チュッというリップ音を立てながらいたるところに花を散らしていく。やがて乳房の先端までたどり着くと、それを口に含み、舌を小刻みに動かし始めた。

「んっ、はぁ……ん」

「体がガクガク震えてる」

「言わないで」

恥ずかしいから。それだけではない。息が上がって苦しいくらい感じてる。

再び愛撫を始めた彼は、今度は右手でストッキング越しに太ももを撫で始めた。何度も太ももの内側を往復した手が、一番敏感な部分をいとも簡単に探し当てる。

「あっ……」

そこをゆっくり撫でられ、腰が浮く。しかしさっき直に触れられているせいか、もっと強い刺激が欲しくなってしまう。

それから彼はシャツを脱ぎ捨て、上半身裸になった。腕にはたくましい筋肉がのっているのに、私の秘所をもてあそぶ指は優しい。

「有馬」

柔らかい声で名前を呼ばれて視線を合わせると、そこにはそこはかとない色香を放った彼の顔があった。

「すごくきれいだ」

そうささやかれて再び視界が滲(にじ)んでしまうのは、浮気をされて自信というものをズタズタに引き裂かれたせい。

「泣くな。俺がお前の体の隅々まで愛してやる」

「柳原さん……」

我慢しきれず涙が目尻からこぼれると、まぶたに優しいキスをくれた。

もう一度覆いかぶさってきて唇を重ねる彼は、ストッキングとショーツをあっという間に取り去った。

恥ずかしい部分をあらわにされて、とっさに両脚を閉じようとするけれど拒まれてしまった。それどころか、私の両膝をがっしりと抱えた彼が、太ももに舌を這(は)わせ始める。ときには軽く食(は)み、ときには強く吸い上げ、膝から中心へ何度も何度も愛撫は続くが、肝心な部分には触れてくれない。

「ん……っ」

「どうした？　腰が動いてるぞ」

彼はイジワルだ。わかっているくせして私に言わせようとする。

口を閉ざしていると、「すごいな」と蜜口からあふれる愛液を指ですくってみせる。

それでも触ってほしいなんて恥ずかしくて言えない。

何度も首を振って拒否していると、ふっと笑った彼は私に軽いキスをした。

「普段あんなに強気なくせに、こんなにうぶな反応するなんて、反則だ」

なにが反則なの？

「このとろけた顔、他の男には見せたくない」

私の髪に手を入れた彼は、優しく撫でながらささやく。そして私の手を取り、指先に唇を押しつけた。

「お前だけじゃない。俺も感じてる。もう苦しいくらいだ」

彼は私の手を自分の脚の間に持っていく。隆起したそれに触れた瞬間、胸がドクンと跳ねる。

私が彼を欲しいと思うように、彼も私に欲情してくれているんだ。

それがわかった瞬間、最後に残っていた理性の欠片が飛んでいった。

「して……」

「有馬？」

「もっと触って。全部忘れさせて」

私の頭の隅々まであなたでいっぱいにして。雄司のことなんて考えられないくらい、私を翻弄してよ。

懇願すると彼は優しい表情で小さくうなずき、深い口づけを落とす。このまま呑み込まれてしまうのではないかと思うほどの激しいキスに、体が燃えるように熱くなってきた。

秘所の奥に潜む雛尖は、すでに弾けていて愛撫を待っている。彼はそれを指で執拗になぞり、再び乳房にも舌を這わせ始めた。

「あぁ……そんな、両方……んはぁっ」

すさまじい快感に襲われて達しそうになると、刺激が止まる。期待していたせいか、体の奥のほうがギュッと疼いた。

「もっと欲しい？」

焦らさないで。早く私を貫いて。

「……欲しい」

こんな恥ずかしいことを口にするのは初めてだけれど、とろとろに溶かされた体が彼を欲してやまないのだ。

「イッて」

彼は私の耳元でささやきながら、今度は淫らな液があふれる蜜壺に指を入れてきた。

長い指が中で動くたび、クチュッという淫猥な音が響いて恥ずかしくもなるけれど、気持ちよすぎて息が上がっていく。

「はっ、……んん……っ」

再び私の脚を広げた彼は、今度はいきなり花芽を舌でつつく。

「あぁっ、ダメッ。お願い……も、イヤぁ」

一番敏感な部分を丁寧に舌で転がされ、そして軽く甘噛みされて、体が大きく跳ねた。その瞬間、頭が真っ白になり呼吸が乱れる。

「イけたな。でも、へばるなよ。まだこれからだから」

息を荒らげて放心していると、彼は自分もボクサーブリーフを脱ぎ去り、一糸纏わぬ姿になった。

「挿れるぞ」

「待って、まだ……あん！」

彼ははちきれんばかりに大きくなったそれを蜜口にあて、軽く痙攣している私の中に送り込んでくる。すると再び強い快楽に襲われ、微弱な電流が駆け抜けたかのように、ガクッと体が揺れた。

「またイッたのか。敏感すぎ」

「違っ……」

抗議したものの、二度も連続して達してしまったのだからまったく説得力がない。

「このとろけた顔、すごく淫らだ」

「見ないで」

とんでもない指摘に逃げ出したい気持ちになり、手で顔を覆う。

「どうして？　興奮するけど」

彼は私の手をはがして、手の甲にキスをする。それだけでなく指先を口に含み、生温かい舌を絡ませてきた。

「ん……」

「どこに触れても感じるみたいだな。これはどう？」

見せつけるように舌を出し、私の指を一本一本舐め始める。

指先がこんなに敏感になるなんて知らなかった。体がゾクゾクして無意識に腰が動く。

「こんなんじゃ足りないか。好きなだけイけ」

「そんな……。はぁっ……」

私の手を解放した彼は、花溝を押し開くようにさらに進む。腰を押さえられて一気に最奥まで貫かれ、勝手に背がしなった。

「んあっ！」

「ああっ、たまらない」

とんでもない色香を纏い恍惚の表情を浮かべる彼は、私の頬に優しく触れて口づけをする。

「柳原さん……」

「どうした？」

「強く……強く抱きしめて」

なぜだかわからないけれど、そうしてほしい気分だった。

願いを聞き入れてくれた彼は、私の体をギュッと抱きしめて激しい律動を続ける。

「あっ、あっ……」

動きに合わせて声が漏れてしまい恥ずかしくてたまらないが、とても我慢できるものではなかった。

しばらくして動きを止めた彼は、つながったまま私をグイッと引っ張り上げて向き合って座る。

彼の額にうっすらと浮かぶ汗が、動きの激しさを物語っていた。

上司と淫らな行為をしていると自覚したらいたたまれなくなり、彼の首に手を回してピッタリくっついて顔を隠す。

「かわいいな、お前は。仕事中とは全然違う」

「柳原さんだって」

こんな甘い言葉を吐くなんて、誰も知らないはずだ。

「そうだな。これは俺とお前だけの秘密だ」

秘密だなんて、なんとなくくすぐったい。

「なぁ、朝まで抱きつぶしていい？」

「あ、朝？」

びっくりしすぎて離れると、「やっと、顔見せてくれた」と笑う。

「本気だけどね」

「えっ。あっ」

思いきり突き上げられた私は、それからまた甘い声をあげ続ける羽目になった。


果ててもすぐに復活する彼は、恐ろしいほどの体力の持ち主だ。

激しく突かれては髪を振り乱して悶え、強い刺激にシーツを握りしめ、息もできないような情熱的なキスに呼吸を乱し……。気がつけば午前三時を回っていた。

「もう、許して……」

悩ましげな顔で三度目の欲を放った彼が、再び私の首筋に顔をうずめるので、また始まってしまうのではないかと慌てた。

「――しょうがない。勘弁してやる」

そう言って隣に横たわった彼は、私を腕の中に誘う。

しょうがないって、やっぱりもう一回するつもりだった？

「明日、どこ行きたい？」

「えっ？」

「お前まさか、俺の体だけが目的か？」

少し離れた柳原さんは眉をピクリと上げ、いぶかしげな目を向けてくる。

そういうのは女のセリフじゃないの？

おかしくてクスッと笑ってしまった。

あんなショックなメッセージを見たあとなのに、私、笑えてる。

「体だけかも」

冗談まじりに返すと、彼は私の背中に回した手に力を込めて、しっかり抱き寄せた。

「抱いた責任はとる」

「責任って？」

「俺はいい加減な気持ちで部下に手を出したわけじゃない」

どういう意味？　雄司に捨てられてボロボロになっていた私を慰めてくれただけでしょう？

「今日はもう眠れ。体力なさすぎてクタクタだろ？」

あなたが体力ありすぎなの！　とつっこみたいところだが、その元気もなく、彼の腕に包まれたまま目を閉じた。


翌日目覚めると、時計はすでに十時半を示していた。隣に柳原さんの姿はなかったけれど、バスルームから音がする。どうやらシャワーを浴びているらしい。

散らばっている洋服を取ろうとしたとき、自分の体が視界に入って愕然とした。いたるところにキスマークが付けられていたからだ。

「ええっ……」

彼女でもないのに、こんな。

「起きたか？」

「……キャッ」

バスルームのドアが開き、ふかふかのバスローブを纏った柳原さんが出てきたので慌てて布団を手繰り寄せて胸を隠す。

髪から滴る水滴がなんとも艶っぽくて、目のやり場に困ってしまった。

「いまさらだろ」

慌てる私とは対照的に平然とした顔で近づいてきた彼は、ベッドに座る。そして私の肩を抱いたかと思うと、首筋に顔をうずめて吸い上げた。

「ちょっ……」

「悪い虫に刺されたな」

「えっ？」

彼はニヤリと笑うが、意味がわからず私は瞬きを繰り返す。

「男避けだ」

昨日からなにを言っているのだろう。

「シャワー、浴びるか？」

「は、はい」

返事をすると彼はうなずき、バスローブを持ってきてくれた。

「行ってこい」

「はい」

もう「はい」しか言えない。あんな情熱的に抱かれたあとでは恥ずかしくてたまらないのだ。

私はバスローブを羽織り、目を合わせることなくバスルームに走った。


シャワーを浴びてバスルームから出ると、テーブルに食事が並んでいた。ルームサービスを取ってくれたようだ。

この部屋はスイートルームなのだろうか。私が出張のときに泊まるビジネスホテルとは比べ物にならないほど広い。ベッドはキングサイズだし、ふかふかの三人掛けのソファに、ガラスのテーブル。それと、六十インチくらいはありそうな大きなテレビもある。

すでにシャツとスラックスに着替えている柳原さんは、ペットボトル片手に窓の外を眺めていた。映画のワンシーンのように様になる彼に抱かれたなんて、今でも信じられない。

「食べるだろ？　好きなものがわからなかったから適当に頼んでおいた」

「ありがとうございます」

いつものポーカーフェイスに戻った彼は、こちらに近づいてきて、あたり前のようにイスを引いてくれる。

ボタンがふたつ外れているシャツの襟元で喉ぼとけが上下に動くのを見て、ドキッとしてしまった。昨晩の色香を纏った彼の顔が脳裏にチラつくのだ。

テーブルに並んでいるのは、ふわふわのオムレツと厚切りのベーコン。フレッシュな野菜サラダにビシソワーズ。他にはクロワッサンやブリオッシュといった数々のパン。そして、みずみずしいフルーツの盛り合わせ。

「おいしそう」

「二日酔いは？」

「大丈夫です」

あんなに酔ったのにまったく平気だ。

汗で全部流れてしまったのだろうか。そんなことはないか……

「よかった。コーヒーはフィエルテには劣るけど、どうぞ」

「いただきます」

手を合わせてから食べ始めると、彼もパンに手を伸ばした。

「少しは落ち着いたか？」

「昨日は、すみませんでした」

最初に謝るべきだったのに、頭が全然働いていなかった。

「どうして謝る？　嫌いな女を抱くほど困っていないつもりだが」

彼は淡々と言う。

嫌ではなかったと慰(なぐさ)めてくれているのかな。

「醜態(しゅうたい)をお見せしてしまって……」

「乱れた姿もだ」

「すみません」

そんなにズバリ言わなくても。いたたまれず、両手で顔を覆った。

「だから、なんで謝る。刺激的でよかったけど？」

どうして平気な顔でこんな話ができるのだろう。私は素面(しらふ)ではきつい。

黙っていると「このジュースもうまいぞ」とグレープフルーツジュースをすすめてくれたので喉に送った。

「着替えたいだろ？」

「はいっ？」

「このあと、台湾パインのジュースでも飲みに行こう」

台湾パインって？

「あ、あのっ……」

「例の野菜ジュースに使うフルーツ、探してるんだろ？　台湾パインは甘みが強くて、最近人気だそうだ。生搾りジュースを出す店があるんだが、行ってみないか？」

意外すぎる提案に驚いたが、柳原さんがかすかに微笑んだ気がして心が和む。

「そう、ですね。連れていってください」

雄司との別れは決定的だし、きっと彼も今日はデートだ。私は私で楽しもう。

食事が済んだあと、柳原さんは車で一旦私のアパートまで送ってくれた。

「すぐに着替えてきます」

「うん」

彼を部屋に上げるのはちょっと……と思った私は、車で待ってもらうことにした。

二階まで階段を駆け上がり廊下を進む。すると部屋の前に人影があり、自然と足が止まる。

「雄司……」

恵さんとデートじゃなかったの？

しばらく会わない間に髪を短く切ったようでこざっぱりとしている彼は、私を見つけると、太めの眉を少し上げた。彼が着ている淡いブルーのシャツは、去年一緒に買いに行ったものだ。

「どこに行ってたんだよ」

彼はどうやら待ちくたびれていたらしく、責めるように言う。

「ごめん」

電話ひとつよこさなかったくせして勝手すぎると思いつつ、反射的に謝ってしまった。

「あの、さ……。部屋に入れてくれない？　話があるんだ」

別れ話だろうか。

「ううん。ここで」

私もこれから先、彼と付き合っていくつもりはない。もう振り回されたくない。それなら話し合いなんて必要ない。「さようなら」のひと言でいい。

「怒ってる、よな」

少し緊張した様子の彼は、私の顔色をうかがっているのかいやに小声だ。

「さぁ」

早く別れを切り出してよ。昨日できたばかりの心の傷が疼くから。

「ごめん！　ちょっとしたつまみ食いだったんだよ。俺には早緒莉しかいない。許してくれ」

「え？」

いきなり深々と頭を下げられて目を見開いた。てっきり別れてくれと言われるとばかり思っていたからだ。

「俺、早緒莉との結婚を考えてるんだ。早緒莉は嫌か?」

近づいてきた雄司が私の両肩に手を置いて、不安げな様子で顔を覗き込んでくる。

こんな……どさくさに紛れたプロポーズなんて、戸惑いしかない。

結婚というゴールを目指していたのなら、どうして浮気なんてしたのよ⁉

「なあ、そうしよう。とりあえず今日は、お詫びに早緒莉の行きたいところに行こう。前に話してたカフェ、どこだっけ?」

必死に畳みかけてくるけれど、なにを勝手に決めているの?

私は許すなんて言ってない。ううん、もう無理よ。

「欲しがってたバッグもあっただろ? あれ、プレゼントするよ。だけど今は懐が寂しくてさ。給料出たら払うから、立て替えておいてくれない?」

雄司はこういう人だ。付き合いはじめの頃は、アクセサリーや洋服をたくさんプレゼントしてくれていたのだが、それもわずかな間だけ。基本的に金遣いが荒く、給料日前になると必ず私の家に転がり込んできた。おそらく食費を浮かすために、私の手料理を食べに来ていたのだ。ここ最近、それがなかったので浮気を疑っていたわけだけど……

懐が寂しいのは、恵さんを振り向かせるためにお金を使ったからじゃないの?

なんで私、こんな人と付き合っていたんだろう。

結婚、か……。結婚を焦っていたんだろうな。雄司でないとダメだったわけでなく、周りから取り残されないように無難な年齢でしたかったのかも。

急速に冷えていく自分の気持ちを自覚して立ち尽くす。

「早緒莉、どうした？　な、そうしよう」

これ以上はないほどの優しい口調で話しかけてくるが、私の機嫌を直すためのポーズに違いない。

「女に金をせびるとは。クズだな」

うしろから聞こえてきた鋭い声にハッとする。柳原さんだ。

彼は私の隣まで歩み寄り、ごく自然に腰を抱いた。

「お前、誰だよ」

私と同じように驚いている雄司は、顔をしかめて柳原さんをにらんだ。

「こんないい女がいながら他の女に目をやるお前に、早緒莉を幸せにできるわけがない。早緒莉はもうずっと前からそれを見抜いていたんだ。彼女が最近お前を誘っていたのは、別れを告げるため」

柳原さんが適当な話を作るので焦ったが、私がみじめにならないようにしてくれているのだとわかったので黙って聞いていた。

「嘘つけ」

「嘘じゃない。俺たち、結婚するんだ」

は？

突拍子もない柳原さんの言葉にびっくりしすぎて声が漏れそうになったものの、なんとかこらえた。

結婚って……

「近々、彼女の会社の社長に就任する予定があってね」

「社長？」

目を丸くして大きな声を出す雄司は、私と柳原さんに交互に視線を送る。

「君とは違って、それなりに贅沢な暮らしをさせてやれる。それに、俺は彼女だけを愛する。君に負ける要素はひとつもない」

余裕綽々というのは、こういう態度を言うのだろう。堂々と嘘をつく柳原さんの演技力にあっぱれだ。

「早緒莉、本当か？」

雄司がすがるように私に尋ねてくるが、なんと答えたらいいのかわからない。

「早緒莉は俺の女だ。呼び捨てするのはやめてもらいたい」

私の肩を抱き寄せる柳原さんが、冷ややかな目で雄司をにらんだ。

「俺は早緒莉に訊いてるんだ」

頭に血が上っている様子の雄司にあきれる。そもそもあなたが浮気なんてしなければ、こんな事態にはならなかったのに。私は結婚の申し出を喜んで受けたはずだ。

いや、彼の本性がわかってよかったのかもしれない。釣った魚に餌をやらないタイプの彼に寄り添っても、この先つらいだけ。もはや愛でつながっているのか、はたまたお金なのかわからない状態なのに、生涯をともにするなんて無理だ。

「本当よ。私、彼にプロポーズされて結婚を考えてるの。彼はあなたとは違う。お金じゃなくて私を愛してくれる」

結局、雄司が愛していたのは私が稼いでくるお金だったのかもしれない。そんなふうに思った私は、柳原さんの腕をつかんで答えた。

「早緒莉……」

「彼女を傷つけたくせして、気安く名前を呼ぶんじゃねぇ」

迫力満点の柳原さんに驚いたのは、雄司だけではない。私もだ。

会社でこんな乱暴な物言いをするところを見たことがない。

雄司をじっと見据える柳原さんの視線は鋭く、緊迫した空気が漂った。

「今後、早緒莉に近づくな。失せろ」

柳原さんが言い放つと、真っ青な顔をした雄司は唇を噛みしめて去っていった。

「これで、よかったか？」

いきなり声のトーンを下げた柳原さんは、心配そうに私を見つめる。

「はい。ご迷惑を——」

「迷惑なんてかかってない」

謝ろうとしたが、彼はそれを遮り、語気を強めて言った。

「でも、慰めてもらった上、こんな修羅場まで……」

話をしていると、近くの部屋のドアが開いて住民が出てきたので小さく頭を下げる。うるさかったのかもしれない。

「あのっ、散らかってますけど、よかったら」

このまま話すのも近所迷惑だと思った私は、鍵を開けて彼を部屋に誘った。

1DKの狭い部屋にはソファすらなく、ダイニングのイスをすすめた。でも、彼は座ろうとせず私の腕を強く引くので、胸の中にすっぽり収まってしまった。

「強がってないか？」

柳原さんの声色が優しい。

「強がってはいません。プロポーズされたのに、全然うれしくなくて……。なんで私、このひと言を待っていたんだろうって、急に冷静になって……」

結婚を焦っていたのは認める。けれど、幸せになれないとわかっているのにプロポーズを受け入れても後悔するだけだ。

「そうか。それじゃあ、あの男のことはもういいんだな」

念を押すように訊かれて、腕の中でうなずいた。

「……はい。もうダメだと薄々わかっていたんだと思います。ただ、浮気をされたことが悔しくて。私は彼を信じて待っていたのにって。バカですよね」

雄司の軽すぎるプロポーズにあきれたあとだからか、あんな人と結婚したいと思っていた自分が情けなくなり、声が小さくなる。

「お前はバカなんかじゃないぞ。誰かを信じるにはそれだけのパワーがいる。そのパワーを使い続けてきたんだから、悔しいと思うのは当然だ」

「はい。もう彼のことは忘れて前に進みます」

慰めの言葉が胸に沁みる。今はつらくても、未来がなくなったわけじゃない。結婚は遠のいたけれど、また一歩ずつ進んでいくしかないのだ。

「そうだな。俺がついているからには、もう泣かせたりはしない」

「ん？」

俺がついているからにはって？

意味が呑み込めず、少し離れて顔を見上げる。

「婚約しただろ、俺たち」

「いや、あれは……」

彼はすがすがしくそう口にするが、雄司の前で私がみじめな思いをしなくていいようについた嘘でしょ？

「早緒莉も承諾したよな」

「承諾？」

改めて私を下の名で呼んだ彼の言葉に驚いて、瞬きを繰り返す。そんな私を見て、柳原さんはニヤリと笑った。

「『結婚を考えてるの』とたしかに言ったぞ」

「あれは方便というもので……」

「俺は本気だ。いい加減な気持ちでお前に手を出したわけじゃないと話したはずだ」

そうだけど、それが結婚に結びつくと思うわけがないでしょ？

「いえ、あの……昨日は酔った私が引き止めてしまっただけですから。柳原さんが責任を感じる必要はないかと」

「責任なんて感じてない。俺はお前を抱きたかった。ただ、それだけ」

それだけって……。それじゃあ、裏切られた私を憐れに思ってああ言ったわけではなかったの？

「でも、結婚だなんて」

「結婚、したかったんだろ？」

「そう、ですけど……」

だからといって、交際すらしていない人と結婚するなんて想定外すぎて頭がついていかない。

「早緒莉は俺が嫌いか？」

「えっ……」

柔らかな表情で尋ねられ、柳原さんについて考え始める。

正直、仕事中は怖いというイメージしかない。

というのも、他の人が気づかないような些細な手抜きでも絶対に指摘してくるし、妥協した案を持っていったときには「これがお前の精いっぱいなんだな。よくわかった」という冷たいひと言が待っている。もちろん、〝これ以上できない無能な人間だとわかった〟という意味だ。これがまた、あからさまに雷を落とされるよりずっと怖いのだ。

考えが足りないときは「残念だな」とはっきり言われるので、彼に苦手意識を持っている部下も多数いる。

ただ、私がそれでも彼についていきたいと思うのは、彼が自分自身に対してもストイックな人だからだ。それに、私が相談を持ちかけるととことん付き合ってくれるし、必死にやって失敗したら一緒に頭を下げてくれる。私は彼が厳しいだけではないのを知っているのだ。

そんな彼のことを嫌いかと訊かれると……怖いけれど嫌いではないというのが答えになる。

「嫌いなのか？」

黙っていると、もう一度同じ質問をされた。こういう追いつめ方は仕事のときと同じだ。

「嫌いではありません。でも、結婚というのはちょっと……」

ちょっとどころか、ありえない。

「あんなに体の相性、よかったのに」

再び引き寄せられて耳元で艶っぽい声を出され、ドクンと心臓が跳ねる。

正直、イクという感覚が今までよくわからなかったけれど、昨晩は数えきれないほどその経験をした。彼がそう言うのなら、相性がいいというのは多分間違いない。

「でも結婚って！」

大事なのは体の相性だけじゃないでしょう？

「結婚すれば、いつだってお前を抱ける。俺は今すぐにでもお前を抱きたいけど？」

彼は私の額に額を合わせて、薄くセクシーな唇を動かす。

今すぐって……

明るいうちからなんてありえないと思うのに、彼に触れられると体が火照ってきてしまう。

セックスが好きだったわけじゃない。むしろ気乗りしないことのほうが多くて、感じているふりをしたことも数えきれないほどあるのに……。どうしたんだろう、私。

「そんな。体の相性で結婚を決めるなんて」

「それだけなわけがないだろ」

なぜか叱られて「すみません」と謝ると、強く抱きしめられた。

「さっきも言ったが、あの男より結婚相手としては条件がいいはずだ」

結婚相手の条件なんて持ち出されると、私が申し訳なくなる。

彼はラ・フィエルテの、いやYBFコーポレーションのトップに立つ資格を持ち、なおかつ優秀。私たち部下には厳しいが、必ずフィエルテを成功に導いてくれるという安心感すらある。

おまけにこの整った容姿。

結婚相手として彼に勝る男性には生涯出会えないだろうと確信できるほどの優良物件だ。

「俺と結婚して、あの男を見返してやればいい」

「でも……」

「あんな啖呵を切ったんだから、結婚するしかないだろ。嘘だとバレたら余計にみじめだぞ」

その通りだけど……

彼は腕の力を緩めて私の目を見つめてくる。

「俺のことが嫌いじゃないなら、結婚するぞ。決定事項だ」

そんな仕事みたいに言われても！

あんぐり口を開けていると、彼はふと頰を緩める。

「その呆けた顔もいい」

「ちょっ……」

「安心しろ。幸せにする。勢いも大事だぞ」

勢い、か……

柳原さんに愛だの恋だのという感情を抱いたことはなかったし、仕事中は怖い上司だ。でも、こうして一緒にいるとあたふたさせられるものの、心地いい。

「なにを迷うことがある。幸せにすると言っているのに信じられないのか？」

いつもの叱るような口調で問われて、背筋がビシッと伸びる。

「違います。信じます」

慌てて否定すると、彼はニヤリと笑った。

「それじゃ、結婚は決まりだ」

「あ……」

幸せにしてくれるというのは信じても、結婚するとは言ってないんだけど！

「とりあえず、デートに行くぞ」

「デート？」

「ああ、それともセックスがいいか?」

色情を纏った瞳を向けられて、うなずきそうになってしまう。

「い、いえ、デートで」

なんとか踏みとどまると、彼は「車で待ってる」と言って部屋を出ていった。

「――どうしよう」

結婚って……

たしかに結婚を焦っていたけれど、こんなとんとん拍子で――いや、ありえないほどのスピードで決まるとは思っていなかった。やっぱり、こんなのおかしい。なんとか断らないと。

でも、彼と仕事の話をするのは楽しい。雷を落とされて震えあがっても、次の日にはまた別の議論を始めている。西村さんに「お前、あんなに叱られてよくめげないな」と言われることもしばしばだけど、フィエルテの未来を考えている時間が一番幸せなのだ。

気が合うというのはこういうことなのだろうか。

「あー、わかんない」

一度にいろいろありすぎて、頭の中が混乱している。

とにかく、彼を待たせては悪い。私はクローゼットを開いて着替えを取り出した。

これはデートだと思ったら着ていく服に悩み、迷いに迷ってブルーグレーのワンピースに着替えて白いコートを手に持つ。それから急いで部屋を出て、アパートの前に停められていた車に駆け寄った。

「お待たせしてすみません」

「いや、大丈夫だ」

助手席に座ると、すぐに発進させるかと思いきや、彼は私をじっと見つめている。

「あの、なにか？」

「おしゃれしてきたのか？」

会社には着ていかないワンピースなんて選んだからだろう。

「そういうわけでは……」

照れくさくて「はい」とは、素直に言えない。

「俺のために悩んだんだな」

この人、心が読めるのだろうか。いや、私が単純なの？

「ち、違います」

「へぇ。違うのか」

かすかに口角を上げる彼は、イジワルな口調で言う。そうだと確信しているようだ。

「違いますって！」

「よく似合ってる」

そういう不意打ちはやめてほしい。たちまちバクバクと高鳴り始めた心音が、彼の耳に届いていないか心配になる。

恥ずかしくてうつむいていると、柳原さんが助手席に体を乗り出してきたので目を丸くした。

「なに勘違いしてる。シートベルトだ」

キス、されると思った……

「それとも、期待してた？」

「期待？」

「俺はしてるけど。お前とのキス」

なんなの、これ……

あたふたしている私を見て頬を緩めた彼は、ようやくギアをドライブに入れた。


その後、柳原さんも着替えたいからと、一旦彼のマンションに向かうことになった。

目の前にそびえ立つのは、立派なタワーマンションだ。

「えっ、ここですか？」

「そうだけど」

そうだけどって……。平然と答えるあたり、御曹司は違う。でも、こんなすごいマンションに住める彼からプロポーズされるなんて、やっぱりおかしい。私はごくごく平凡な会社員なのに。

柳原さんほどの地位やお金を持った男性なら、結婚相手もよりどりみどりじゃないの？

「どうかした？」

「すごいマンションだなと思って」

「お前もこれから住むんだが。ここが気に入らないなら引っ越ししても――」

「気に入らないわけがないです！」

私は彼の発言を遮り、首をブンブン振った。

あっさり引っ越すなんて口にする彼が信じられない。そもそもタワマンなんて庶民には縁遠いところで、あこがれはしても住むのなんて夢のまた夢。それを気に入らないなんて言うわけがないでしょ。

「それなら早く引っ越してこい」

「あっ、違う。そうじゃなくて……」

このタワマンが嫌なのではないという意味であって、結婚とは別の話だ。

結婚を断らなければと思っているのに、どんどん墓穴を掘っているような気がする。

「そうじゃなくて、なんだ？」

駐車場に車を停めた彼に不機嫌な顔でにらまれ、「なんでもないです」とごまかしてしまう。

「寄ってけ。コーヒーくらいは淹れる」

「本当ですか？」

フィエルテのブレンドを生み出した彼が淹れるコーヒーに興味津々で、自然と笑みがこぼれる。

「そんなにうれしいなら、これから毎日淹れてやるぞ」

しまった。また大喜びしてしまった。

自分で窮地に追い込んでいるような……。どうしよう、これ。

あたふたしながら彼についていき、四十六階でエレベーターを降りた。まるでホテルのようなきらびやかさにおどおどしながらついていくと、彼はドアハンドルのボタンを押して玄関を開ける。これは、車と同じようにリモコンを持っていれば簡単に鍵を開けられるタイプのようだ。

「えー、すごい」

「早緒莉にもあとでリモコン渡すから」

涼しい顔で言い放ち私の背中に手を置いて中へと促す彼は、やっぱり上流階級の人なんだと思わされる。エレベーターでもそうだったが、女性ファーストが身についている感じだ。

「そこがトイレ。右側が書斎。その隣が寝室。左のこの部屋は空いてるから、好きに使っていい」

彼は廊下を進みながら部屋の説明をしてくれる。もう完全にここに住む前提になっていて焦るけれど、結婚の断りをどう切り出したらいいのかわからない。

スタスタ進む彼が開けたドアの向こうは、リビングだった。

もはや何畳なのか見当がつかないほど広いその部屋には、アンティーク調の家具が置かれていてすこぶるおしゃれ。十九世紀のヨーロッパの貴族の邸宅にでも来たような錯覚を起こす。もちろん貴族の邸宅なんて見たことはないけれど。

「こんなカフェがあったら素敵」

「コーヒー淹れるから座ってて。ブレンドでいい？」

ひとりで感動していると、柳原さんはかすかに笑みをこぼして言う。

「はいっ。お願いします」

一旦革張りのソファに座ったが、キッチンに目を向けるとエスプレッソマシンが置いてあったので、立ち上がって歩み寄った。

「すごいですね。本格的」

店にあるような立派な代物だ。

「エスプレッソも何度も試作したからな」

そっか。ここでフィエルテの新しいコーヒーが生まれたんだ。

「感激です」

社会見学にでも来た気分だ。

「感激？　どうして？」

不思議そうな顔をする彼は、私に尋ねながらネルフィルターを取り出した。

「えっ、ネルドリップ？」

「うん。これが一番うまい」

柳原さんは慣れた手つきで準備をする。表情が柔らかく見えるのは気のせいだろうか。

「えー、やっぱり感激」

ネルドリップは布製フィルターを使う抽出方法で、口当たりがとても滑らかに仕上がる。ただ布製フィルターは毎回煮沸(しゃふつ)して水に入れた容器の中で保管しなければならないとか、その水は毎日交換しなければならないとか、また淹(い)れるときも先にフィルターをお湯に通しておかないといけないとか、実に扱いが面倒なのだ。これを自宅でやっているのは、よほどのコーヒー通だと思う。

「ネルのときは、豆は少し粗目がいい」

それから彼はいろいろレクチャーしてくれたが、私は「へぇー」とか「はぁー」とか感嘆のため息ばかりついていた。

真剣な顔でドリップポットからお湯を注ぐ様なんて、まるで職人だ。

彼が白いシャツに蝶ネクタイをつけ、ギャルソンエプロンでもして淹れていたら、女性ファンが押しかけてきそうだな、なんて想像してしまった。だって、絶対萌えるもの。

「どうぞ」

「ありがとうございます」

ゆっくり時間をかけて抽出されたコーヒーを、これまたアンティーク調の重厚なカップに注がれて出されると背筋が伸びる。私はかしこまってカップに口をつけた。

口に含んだ瞬間、想像とは異なる味に目を瞠る。いつものブレンドとはまったく違った。

「なにこれ。すごくマイルド。フィエルテのブレンドですよね？」

「そう。淹れ方ひとつでこれだけ変わる」

「ネルドリップやりたいな……」

今のフィエルテはペーパーフィルターを使っているのだ。

「時間がかかりすぎて非効率的だが、そういう店があってもいいかもな。着替えてくる」

彼は私を残してリビングを出ていった。

結婚すれば、これが毎日飲めるんだ……。いや、なに考えてるの？　結婚だよ？

香りも楽しみながらコーヒーを味わっている間、脳内で葛藤していた。

幸せな気分で飲み終えた頃、ドアが開いて柳原さんが戻ってきた。

「え……」

「ああ、悪い。シャツをクリーニングに出したまま、そこに置いてあって」

ジーンズ姿の彼は、上半身裸だったのだ。

あからさまに目を背けると、彼はなぜかシャツを取りに行かずソファの私の隣に座る。

「真っ赤になってどうした？」

イジワルな笑みを浮かべ鋭い指摘をしてくるが、そこはスルーしてほしかった。

「なんでもないです」

「じゃ、こっち向いて」

パキパキに割れた腹筋や厚い胸板は好物だけど、遠くからそっと眺めるだけでいい。こんなに近づかれると、心臓が暴走して息が苦しいのに。

「キャッ」

彼の言葉を無視してうつむいていると、あっという間にソファに押し倒され、切れ長の目に見下ろされていた。

「気が変わった。デートはあとだ」

いきなり首筋に唇を押しつけられて焦る。

「ちょっ……」

「ここがいい？　それともベッド？」

二択なの？

「デートは？」

「焦らしてる？」

蠱惑的な眼差しで縛られた私は、一瞬呼吸を忘れた。しかしハッと我に返り、首を横に振る。

「とんでもない！」

そんな上級者テクニックは、あいにく持ち合わせていない。

「それじゃあ選べ。ああ、窓際ってのも追加しようか？」

いらないわよ、そんな選択肢。

「ちょっと落ち着いてください」

「落ち着いてるが？　落ち着いたほうがいいのはお前だろ」

たしかに。彼はどこからどう見ても余裕の顔だ。

「もう時間切れだ」

彼は私を抱き上げてリビングを出ていく。どうやらベッドに決めたらしい。

「柳原さん、待って」

「待てない。お前が悪い」

あたり前だろと言わんばかりの顔で私を責める。

「なんで？」

「お前がかわいいから悪いんだ」

あの冷徹上司の口からかわいいなんて単語が出てくるのが不思議だった。って、冷静に考えている場合じゃない。

寝室に入るとすぐさま大きなベッドに下ろされて、熱いキスが降ってきた。

「んぁ……っ」

唇を割られて舌が入ってくるのと同時に、ワンピースの上から胸のふくらみをつかまれ、声が漏れてしまう。

「昨日の快感覚えてるだろ」

その通りなので返す言葉もない。少し触れられるだけで達した瞬間の感覚がよみがえり、体が疼くのだ。

「早緒莉」

このタイミングで下の名を呼ぶのはずるい。力が抜けてしまうでしょう？

「ここは防音もしっかりしている。思う存分啼いていいぞ」

「あっ……」

再び深いキスを落とす彼は、スカートの裾から大きな手を入れてストッキング越しに太ももを撫で始めた。

どうしよう。流されてはいけないのに体が熱くてたまらない。

角度を変えて何度もつながる唇に、そして熱い舌に犯されて、息を上げた。

「柳原さん、ダメです、こんな……」

「お前はダメばかりだな。ここでやめられるのか？」

彼に頬をすーっと撫でられるだけで、体がビクッと震える。

「俺はお前が欲しい」

熱を孕んだ眼差しを送られて、息が止まりそうになる。

「でも……」

「なにを迷うことがある。もう誰にも渡すつもりはない。お前は一生俺だけのものだ」

かつて、こんなにも強く求められたことがあっただろうか。

柳原さんの想いのこもった言葉に、胸にこみ上げてくるものがある。

「俺たちは結婚するんだ。余計なことはなにも考えなくていい。俺を欲しいか欲しくないか、それだけだ」

もう体が火照り、奥のほうが疼いている。けれど「欲しい」なんて言えるはずもなく、小さく首を横に振る。

「強情だな。それなら欲しいと言わせてやる」

「……あっ、待っ……んっ」

ショーツの中にあっさりと手を滑らせた彼は、茂みをかき分け一番敏感な部分をいとも簡単に見つけてもてあそび始めた。

「ヤぁ……」

恥ずかしくて必死に脚を閉じようとするのに、彼の手が力強くてまったく敵わない。

彼は雛尖を指の腹で優しく撫でながら、私の首筋に舌を這わせる。

「んんっ」

「これ、いい？」

弾けた肉芽を軽くつままれ声が漏れると、低くしびれるような声で尋ねられた。

「はっ……あぁ……っ」

「返事もできないくらい、いいんだな」

私だけ乱れて恥ずかしいのに、与えられる快楽が強すぎて言葉が出てこない。

「早緒莉。俺を見て」

促されて目を開くと、劣情を煽り立てるような彼の顔があった。

「まだ欲しくないのか？」

ダメだ。もう拒否できないほど体が火照っている。彼が欲しくてたまらない。しかし素直に認められず首を横に振ると、「しょうがない」と言った彼は、すでに愛液が滴っている蜜壺へと指を沈めていく。

「あぁ……っ！」

その瞬間、体がガクッと震えて達してしまった。

「待ってたんだな」

「違う……」

放心しながらも言い返すけれど、体は正直すぎた。言葉にまったく説得力がない。

「強情な早緒莉もなかなかいい」

息を上げる私とは対照的に、彼は余裕の表情で指をゆっくり動かし始める。クチュッという淫らな音が響き渡り、恥ずかしさのあまり彼を引き寄せて抱きついた。

「何度でもイけばいい。俺しか見てない」

「イヤッ。無理……」

「無理じゃない。もっと気持ちよくしてやるから力を抜け」

そう指示されたものの、駄々っ子のようにイヤイヤと首を振って拒否をする。

「どうして？　まだ恥ずかしい？」

「柳原さんと……一緒がいい」

ああ、私はなんてはしたない言葉を口にしているのだろう。でも、もう彼を求める気持ちが止まらないのだ。

私の発言に目を見開いた彼は、「はー」と艶めかしいため息をついた。

「俺の名前を知ってるだろ？」

名前で呼べと？

体の隅々まで見られているのに、名前を呼ぶのが恥ずかしい。

「呼んで。お前に呼ばれたい」

「……け、賢太、さん」

「ああ、最高だ」

名前を呼んだだけなのに、彼は感慨深い様子で私を見つめる。そして、何度か大きな呼吸を繰り返した。

「少し落ち着かないと、早緒莉を壊してしまいそうだ」

「賢太さん……」

手を伸ばして彼を求めると、唇が重なった。触れている部分が燃えるように熱くて、必死に舌を絡ませる。こんな官能的なキスをされては、体がとろとろに溶けてなくなりそうだ。

「ん……っ、はっ……」

私の下唇を甘噛みして離れた彼は、私を抱き起こしてワンピースのファスナーを下ろす。そしてブラの肩紐を払い、焦ったように乳房をわしづかみにしてその先端を口に含んだ。

「っあ……」

ツンと硬く尖るそこに舌を巻きつけられて悶えると、彼は私を再び寝かせる。

「どこもかしこも敏感だな。もう全身が真っ赤だぞ」

恥ずかしいから言わないで。

「はっ、ん……あっ……」

甘い声が漏れるのは、彼が昨日散らした花の上にもう一度唇を押しあて始めたからだ。

「ヤバいな、俺。毎日こうやって、早緒莉が俺のものだと確認したい」

「そんな……」

彼は脇腹の柔らかい皮膚を吸い上げながら、右脚のストッキングとショーツを脱がせる。

てっきり左も同じようにされると思ったのに、そちらには目も向けず、むきだしになった秘部に顔をうずめて弾けそうになっている蕾を舌で転がし始めた。

「それ……感じちゃ……んんっ」

彼の舌が執拗にまとわりつき、どれだけ体をのけぞらせて逃れようとしても許してもらえない。

枕をつかみ、湧き起こる強い淫情に抗おうとしたけれど、その程度の抵抗では彼の愛撫にはとても敵わなかった。

「イッ……あぁぁぁ」

体の奥が熱くなり、なにかが弾ける。ギリギリまで耐えに耐えたからか、一気に押し寄せてきた激しい悦楽に完全に呑み込まれて、はしたない声が部屋に響いてしまった。

乱れた呼吸を落ち着かせる間もなく、彼は尖らせた舌を淫らな蜜があふれる蜜口に押し当ててチロチロと舐め始める。

「んぁ……っ」

「すごいな。どれだけすすってもあふれてくる」

「だ、だって……」

そんなことをされたら、体の疼きが止まるわけない。

「だって、なに？」

わかってやっているくせに。

「気持ち……いい……」

素直に伝えると、彼は目を丸くしたあと、不敵な笑みを浮かべた。

「お前、煽るのがうまいんだな。俺でしかイケない体にしてやる」

賢太さんはサイドテーブルの引き出しから避妊具を取り出し、ズボンを少しだけ下ろす。そして、体の中心で熱く滾るそれにつけて入ってきた。

「んーっ」

熱を帯びた太い楔は、とめどなくあふれる愛液を潤滑油にして蜜壁の中をめりめりとこじ開けるようにして進んでいく。

奥までソレを送り込んだ彼は、はぁーっと悩ましげなため息をつき、次いで腰を打ちつけ始めた。

「あぁ……」

激しい律動のせいで、双丘が上下に揺れる。彼の指に形を変えられた乳房の中心が、ますます硬くなっていく。それが彼の愛撫を待ちわびているようで恥ずかしくてたまらないのに、自分ではどうにもできない。

快楽を貪る一方で、胸の奥から苦しい感情がせり上がってきて視界が滲んだ。

「早緒莉。どうした？　どうして泣いてる」

焦ったような声を出す彼は、動くのをやめて私の目尻からこぼれた涙をそっと拭う。

「私、まだ誰かに好きになってもらえる価値があるのかな……」

雄司の裏切りがつらすぎて、すがるようにして賢太さんに抱かれたけれど、もう一度恋ができるだろうか。

「当然だ。ただ、誰がお前を好きになろうとも、他の男に渡すつもりはない」

彼は私の手を強く握り、まっすぐに見つめてくる。その視線は燃えるように熱く、雄司の裏切りで凍りついた心が溶けていく。

「もう一生、俺だけを見ていればいい」

「賢太さん……」

私は気がつけばうなずいていた。

「あ……っ、ダメ……」

再び私を激しく翻弄し始めた彼は、「早緒莉」と確認するように何度も私の名を呼ぶ。

枕をギュッとつかんで与えられる強い悦びに髪を振り乱していると、いきなり右脚を肩に担がれた。そして、彼自身がさらに奥まで入ってくる。

「イヤッ……んぁ……っ」

恥ずかしさと、達してしまいそうな高ぶりとが交差して、なにがなんだかわからない。

「はっ、……早緒莉」

悩ましげな表情の彼の息も上がっている。

「も、もう許し……、あぁーっ」

全身に力が入り、彼の怒張を締めつけてしまう。秘所がドクンドクンと脈打ち始めた瞬間、「あっ」という彼の声もして、欲を放ったのがわかった。

激しい行為に息を荒らげていると、同じように荒々しい息遣いを隠そうとしない賢太さんは隣に寝そべり、私を抱きしめた。

片脚に絡まったままのストッキングとショーツが妙に生々しくて、いっそ脱いでしまいたいと思うほどだ。

彼に密着して厚い胸板に耳をあてると、その鼓動の速さに驚いた。

「早緒莉。来週、俺の実家に行くぞ」

「は？」

彼の爆弾発言で、甘い雰囲気が一気に壊れる。

「両親に紹介する。もちろん、早緒莉の実家にも行くつもりだ」

「え……」

「なんだ、その顔。まさか、結婚しないとは言わないよな」

〝まさか〟を強調されて目が点になる。

「一生俺だけを見てるんだろ？」

あんなに激しい運動の最中の言葉を、しっかり覚えてるんだな。

彼は『勢いも大事だ』と言ったけれど、勢いがありすぎて夢の中をさまよっているかのようだ。

「もう連絡してあるから」

「え！　いつしたんですか？」

「お前の着替えを車で待ってたとき」

彼の仕事の早さは誰もが認めるところだが、こんなところでその能力を発揮しなくても。

でもこれ……外堀を埋められたってやつでは？

「もう一回できるけど、どうする？」

まだできるの？

余裕の表情で言い放つ彼は、まさに肉食獣だ。

「ど、どうもしません！」

彼の胸を押して拒否を示すと「そんなに嫌がるな」と笑われてしまった。

そのあとの台湾パインジュースデートでは、思いがけず会話が弾み、怖いとばかり思っていた賢太さんの知らなかった表情をたくさん見ることができた。

ただし、彼の実家訪問を何度か断ろうとしたがうまくいかず、どうやら決定したらしいのには困ってしまった。


週が明けて仕事が始まると、あれほど激しく抱き合ったのに、私に甘い言葉を吐いた賢太さんはどこにもいなかった。

「有馬。仕事が丁寧なのはいいが、プレゼンの期日までに間に合うのか？　プレゼンできなければ、この仕事を落とせないんだぞ」

眉間に深いしわを刻む彼は、あきれ顔で言う。

「すみません。精いっぱいやっているつもりですが」

例の大学のカフェ計画は正式に発表されて、出店を目論む会社が動きだしているはずだ。目玉商品として野菜ジュースを提案しているが、約二カ月後のプレゼンテーションの日までに、ある程度形になっていなければならない。

「精いっぱいねぇ」

冷たい視線に背筋が凍る。〝能力がなくてこれ以上は無理なんだな〟と責められているのだ。声を荒らげない静かな叱責は、思いきり叱られたほうがましだと思うほどグサグサ突き刺さる。

「いえ、まだできます。やり遂げてみせます！」

虚勢を張ったはいいが、進行が遅れているのは自覚している。でも、やるしかない。

肩を落としながら席に戻ると、デスクに置いてあるスマホが視界に入った。

あんなに甘い休日を過ごしたのに、賢太さんからは連絡ひとつない。

いきなりの結婚話に戸惑いがないと言ったら嘘になるが、彼を信じてみようかなという気持ちに傾いてきている。少しは女として見てもらえていたのかな、といううぬぼれもあるのだ。

けれども……彼の口から出てくるのは仕事の話のみ。大学のカフェの仕事も正念場なので仕方がないと言えば仕方がないが、結婚という人生においての大きなイベントに向かおうとしているのに、正直なにを考えているのかわからない。

やっぱり、沈んでいた私を慰めてくれただけなのかな……。

少し離れたところで西村さんと話し始めた賢太さんを見つめて考える。

もし慰めてくれただけなら、ちょっと不用意なんじゃないだろうか。仮に私が本気になって、賢太さんにもてあそばれたとでも口にしたら、彼の立場は危うくなるに違いない。ただでさえ恐れられている上司なのに、軽蔑の眼差しまで背負う羽目になり、求心力はがた落ちだ。社長就任を近い将来に控えている彼が、そんなリスクを冒すだろうか。

そういえば……『誰でもいいなら、あとくされのない女を選ぶ。部下なんて、最高に面倒な相手だ。それでも抱きたいと思ったんだ』と言っていた。それに、いくら私がボロボロで見ていられなかったとしても、プロポーズまでする必要はなかったはず。

「そんなバカじゃないよね……」

思わず声が漏れた。

私を慰めるためだけに、あの切れ者がそんな危ない橋を渡るはずがない。

信じてもいいのかな。

雄司に裏切られたばかりなので、臆病になっている。でも、だらだらと体の関係を続けるわけでもなく、結婚を切り出したあたりに賢太さんの本気も感じる。しかも、実家への挨拶の手配まですぐに済ませているところを見ると、その場限りの嘘だとも思えないし……。

家族総出で結婚詐欺、というのも考えにくい。そもそも、資産家の柳原家が詐欺なんて働く必要もなければ、私にむしり取れるような財産もない。

考えれば考えるほど、あのプロポーズは本気だったのだと思える。

連絡がないのは、きっと忙しいからだ。それなら、私も真剣に考えて答えを出さなければ。

雄司とのことで心が疲弊しているから賢太さんにすがるのではなく、この先自分がどんな人生を歩みたいのか、じっくり考えて返事をしよう。
そう思った私は、早く帰宅するために目の前の仕事を片づけ始めた。

意外な彼女の一面　Ｓｉｄｅ賢太

早緒莉に【明日、十時に迎えに行く】という連絡を入れたのは、金曜の夜。

素っ気なかったかもしれないと思いつつも、そもそもメールやメッセージの類（たぐい）があまり好きではないので、プライベートではいつもこうなる。

俺の部屋に来ても仕事のことばかり考えているらしい早緒莉は重度のワーカホリックだと思うが、俺も他人（ひと）のことは言えない。朝起きてから夜寝るまで、頭の中は仕事についてばかりだ。フィエルテをＹＢＦグループのトップに成長させる。今の俺は、そのためだけに生きているようなものなのだ。

【わかりました】とすぐ来た返事を見て、もうひと言くらいあってもいいのにと感じてしまったが、俺のほうこそそうすべきだった。

早緒莉のことは、入社以来ずっと気になっていた。

一課の業務である新規店舗の出店は、立地、人口密度、年齢層などあらゆる角度からのデータをもとに、成功する方程式を導き出さなければならない。それが得意な社員はたくさんいるし、優秀な成績を残してはいるが、なにかが足りない。成功の方程式に則（のっと）った出店では、どこかで頭打ちになる未来しか見えないのだ。

どの社員も、〝成功してよかった〟で終わる。しかし早緒莉だけは、この先伸ばしていくにはなにが足りないのかを必死に考え、誰も考えつかないような突拍子もない意見を口にする。

ときには先輩社員に笑われて面倒だと却下されるが、俺は頼もしいとしか思えなかった。自分が反対を押しきってブレンドの改革に乗り出したときと同じだったからだ。

新しい挑戦をするときは煙たがられる。余計な仕事が増えるし、失敗したときの責任も重い。しかし、カフェ事業者が乱立する中、挑戦していかなければ過当競争にしかなりえない。

俺が改革に乗り出す前のフィエルテは、普通のコーヒーが普通の値段で飲める店でしかなかった。けれども、徹底的にコーヒーの質の向上に取り組んだら、価格以上の価値があるコーヒーが飲める店として認識してもらえるようになった。

そこまでの道のりが長く苦しいものであったのは間違いない。だから、すぐに結果が表れず不安を覚えるのも、評価につながらないと思うと腰が引けるのも理解できる。しかし早緒莉だけは、フィエルテのずっと先を見て仕事をしているのだ。

俺が試行錯誤して作り上げたブレンドをためらいなく世界一だと言う彼女は、フィエルテに惚れ込んでいるのだと思う。そんな彼女と一緒にいる時間は心地よく、頬が緩むこともしばしばだ。

もちろん、他の社員と同様、甘い提案は容赦なく突っぱねる。ただ彼女は、突っぱねると必ずそれ以上の案を持ってくる。いつしか、それが楽しみになっていた。

そんな早緒莉が男に浮気されたと言って涙を流すのを見て、意外に思った。どちらかというと男を振り回すタイプだと思っていたのだ。まさか、こんなに脆い一面があったとは。

彼女のためにロングアイランドアイスティーを注文したのは、もちろん酔わせたかったからだ。正直に『女を酔わせて持ち帰りたいときに注文するカクテルだ』と話したのに冗談だと思われてしまったが、俺は本気だった。

家族というもののよさがさっぱりわからない俺は、一生ひとり身でいいと思っていた。でも、結婚しなければならないのなら早緒莉がいい。

俺には結婚を急ぎたい理由がある。ただ、そのわけを彼女には話せない――

「おはようございます」

十時十五分前に早緒莉のアパートの前まで行くと、すぐに彼女は姿を現した。

「おはよ。乗って」

濃紺の清楚なワンピースを身につけた彼女は、いつもより落ち着いた雰囲気だ。おそらく俺の実家への挨拶(あいさつ)だということで気を使ったのだろう。

それにしても……挨拶(あいさつ)になんて行かないと言われるのではないかと思っていたので、来てくれてありがたい。結婚を承諾したということだから。そうせざるを得ないようにしたのは俺なのだが。

「あの……手土産(てみやげ)が必要かと思って用意したんですけど、これで大丈夫でしょうか？　私、あまり高級品は知らなくて」

助手席に座った彼女が、抹茶を使った商品が有名な和菓子店の練りきりを渡してくる。

「十分だ。ありがとう」

俺も一応用意していたのだが、早緒莉が選んでくれたものを持っていこうと決めた。

車を発進させると、早緒莉が口を開く。

「実はこの店の抹茶がすごく気になっていて。フィエルテでも和カフェとかできないかなーなんて。コーヒーも、和風のカップを使ったり……」

ああ、やっぱり彼女はワーカホリックだ。でも、この会話が楽しい俺も間違いなくそうだ。

「カフェバーの次は決まったな」

「いえっ、思っただけで」

「実現すればいい」

早緒莉は焦っているが、彼女の成功を一番楽しみにしているのは俺なのだ。

「そんなことより、ご実家への挨拶(あいさつ)って、私……どうしていたらいいでしょう」

おどけた調子を封印した彼女は、珍しく元気のない声で尋ねてくる。

「緊張してるのか？」

「あたり前です。こんな場面で緊張しない人なんていないでしょう？」

たしかにそうか。

「柳原の両親は、俺にはあまり関心がない。通り一遍の報告だけしてすぐに帰ろう」

「あ……」

彼女が小声を漏らしたのは、あの噂を知っているからに違いない。

「噂は本当だ」

訊かれる前に答えると、早緒莉は「そうでしたか」と自分のことのように声のトーンを落とす。

「俺は父と愛人の間にできた婚外子だ。母が亡くなってから柳原家に引き取られた」

「お母さま、お亡くなりになられてるんですね」

悲痛な声の早緒莉が痛々しい。

「ああ。俺が小学生の頃、病気で。それからは柳原の家で育って、大学進学を機に家を出た」

赤信号で車を止め早緒莉に視線を送ると、今にも泣きそうな顔をしていて驚いた。

「大丈夫だ。もう立ち直ってる」

手を伸ばして彼女の頭を撫でる。

母の死後、ひとりになった俺を心配してくれる人もいたが、資産家の柳原家に入れてかえってよかったんじゃない？　と心ないことを言う者もいた。そんなときはいつも、金が欲しいんじゃない、母に生きていてほしかったと叫びそうになった。だから、早緒莉が母との別れを悲しんでくれているとわかって、ホッとしたし、うれしかった。

「私、賢太さんのこと、なにも知らなくて」

「そう、だな。これからゆっくり教えるよ。だから、早緒莉も教えて」

急に決まった結婚なので、互いのプライベートな部分をほとんど知らない。それでも構わないと思っていたが、彼女について深く知るのも悪くないだろう。

「あはっ。知らないほうがいいこともありますよ」

「なに？」

「そんなの、教えられません」

彼女がようやく笑顔を見せたので、ホッとした。俺の過去のことで彼女が悩む必要はない。

信号が変わりアクセルを踏むと、早緒莉はすーっと息を吸い込んでから再び口を開いた。

「私、賢太さんと結婚だなんて考えたこともなくて……悩みました」

この先、なんと言われるのだろう。ハンドルを操りながら身構える。

「ああ」

「彼氏に裏切られたばかりで、賢太さんに甘えてるんじゃないかとか、賢太さんは私に同情してくれただけなんじゃないかとか……。でも、私の尊敬する上司はそんなことで結婚を申し出るようなバカじゃないと思ったら、肩の力が抜けて。甘えてもいいと言ってくれてるんだったら、甘えさせてもらおうかなって」

「早緒莉……」

「思い返すと、賢太さんはただひたすら怖い上司だったわけじゃないんです。叱られるときは嫌な汗が出ますけど、フィエルテのこれからを話しているのは心地よくて。先週のデートもすごく楽しかった」

チラッと横顔を盗み見ると、照れくさそうにしている。こんな表情も持っているんだな。

「俺もだ。早緒莉とは馬が合う」

俺がそう言うと、彼女ははにかんだ。

「ふつつかものですが、どうぞよろしくお願いします」

「ありがとう。必ず幸せにする」

そう口にしながら、胸にチクリとした痛みが走る。早緒莉に黙っていることがあるというのは、うしろめたい。

いや、これでいい。絶好の機会を得たのだ。これを逃す手はない。

「じゃあ、毎朝コーヒー淹れてください」

「もちろん。ところで早緒莉、料理はできる?」

「んー、普通?」

「普通ってなんだよ」

いつも明るい彼女となら、きっとうまくやっていける。

俺は自分にそう言い聞かせて、心を落ち着けた。


実家に到着すると、早緒莉が珍しく表情をなくしている。緊張しているのだ。

俺もここに来るのは好きじゃない。簡単に挨拶をして帰ろう。

愛人の子なんて、うっとうしいだけ。表向き柳原家の次男として育ったが、長男の学と三男の誠とは立場が違うのだ。

「早緒莉は隣にいればいい。行くぞ」

早く嫌な時間を終わらせたい。俺は早緒莉の手を引いた。

玄関で出迎えてくれたのは、昔からいる家政婦の初枝さんだ。もう五十代後半で白髪交じりではあるが、相変わらず背筋がピンと伸びていて所作も美しい。

俺がここで暮らすようになって唯一の話し相手になってくれた彼女に、「いつも緊張してるの？僕と一緒？」と尋ねたら、「柳原家の品格を落とさないように気をつけているんですよ」と教えてくれた。

そのときに品格という言葉の意味を調べ、〝その人やその物に感じられる気高さや上品さ〟とあったのを見て首を傾げたのを覚えている。柳原家の人間に気高さや上品さがあるとは思えなかったのだ。

「賢太さん、お久しぶりです。ご結婚なさるそうで、おめでとうございます」

目を細める彼女は、深々と頭を下げる。

「ありがとう、初枝さん。彼女と結婚します。早緒莉です」

「はじめまして。有馬早緒莉です。本日はお招きいただきありがとうございます」

つい数秒前までカチカチに固まっていた早緒莉だが、笑顔で淀みなく挨拶をしている。

彼女は多分、度胸もある。だからこそ失敗を恐れずに次々と新しい挑戦ができるのだ。

「さあ、どうぞお入りください」

初枝さんに促されて久々の柳原家に足を踏み入れた。

純和風のこの家は、畳の香りが漂っている。それだけは俺も気に入っている。

奥の座敷で正座した早緒莉は、背筋をしゃんと伸ばして凛々しい表情。初枝さんが言っていた品格というのは、彼女のような人間に向けて使うのが正しいと思う。

初枝さんがお茶と手土産として持ってきた練りきりを出してくれた。そのあとすぐに、父が入ってきたので、早緒莉とともに立ち上がり頭を下げる。おそらく彼女の緊張はピークに達しているはずだ。

「いいから。座りなさい」

父は眼鏡の向こうの少しくぼんだ目を早緒莉に向け、言った。

「はい」

白髪こそ目立つようになってきた父だが、ＹＢＦコーポレーションを束ねているだけのことはあり、いまだ威風堂々としている。

俺が前回父に会ったのは、もう一年ほど前になるだろうか。本社に呼ばれて行ったときが最後になる。そのとき兄や弟も呼ばれ、今後、それぞれの会社のトップに就任させる、ひとりはＹＢＦコーポレーションの社長になってもらう予定だと言い渡された。

「妻は体調を崩していてね、申し訳ない」

座卓を挟んで向かいに腰を下ろした父が早緒莉に謝っているけれど、体調不良というのは嘘だと思う。俺に会いたくないだけだ。まあ、結婚の報告さえできればいいので問題はない。

「本日は結婚のご報告に参りました。有馬早緒莉さんです」

「有馬早緒莉です。ふつつかものですが、どうぞよろしくお願いします」

早緒莉がはきはきと挨拶をして丁寧に頭を下げると、父は小さくうなずいた。

「どちらの会社のお嬢さんなんだ？」

兄は取引先の社長令嬢、弟はＹＢＦコーポレーションと付き合いがある食品メーカーの専務の娘と結婚しているので、こんな質問が出てくるのだろう。心なしか早緒莉の表情が曇（くも）ったように見える。

「彼女は私の部下です。新しい形態のラ・フィエルテを模索してくれている優秀な社員です」

「部下……。まあ、いい。仲良くやりなさい。私はこれで失礼する」

一瞬眉をひそめた父が立ち上がると、早緒莉は目を大きく開いた。

あまりにあっさりしすぎていたからに違いない。とはいえ、俺にとっては日常茶飯事だ。

義理の母は俺にまったく関心がないどころか、邪魔者扱い。おそらく義母に気を使っているだろう父も、あまり干渉してこない。なにせ俺は、義母にとって憎き愛人の子なのだから。

早緒莉は慌てて立ち上がり一礼して父を見送ったが、障子が閉まると俺をじっと見つめてきた。

「すまない。俺はこんな扱いなんだ。せっかくの和菓子もごめん」

彼女が頭を悩ませて用意してくれた練りきりに、父は手をつけなかった。

「賢太さんが謝ることじゃないです」

俺は彼女に、苦しそうな顔をさせてばかりだな。

「早緒莉。デートに行こうか。どこがいい？」

申し訳なく思いながら尋ねると、早緒莉は口の端を上げる。無理してでも笑ってくれるのは、きっと彼女が優しすぎるせいだ。

「そりゃもちろん、カフェでしょう」

「訊（き）くんじゃなかった」

「なんか言いました？」

白い歯を見せる早緒莉は「気になっている店があるんですよ！」とテンション高めに言う。

俺への気遣いが手に取るようにわかるので心苦しく思いつつも、彼女の手を引いた。

廊下に出て玄関へと進んだところで、二階から弟の誠が下りてきた。少しつり上がった目は母親似で、意志の強さを感じさせる。

兄の学と弟の誠はそれぞれ独立して家を構えているが、ここにちょくちょく顔を出すようだ。おそらくＹＢＦコーポレーションの社長に就任するための点数稼ぎだろう。

「久しぶりだね、賢太兄さん」

「そうだな」

「部下と結婚するそうで」

妙に愛想のいい誠は、早緒莉についてすでに父に聞いたらしい。

「彼女が結婚相手の有馬さんだ」

俺が紹介すると、誠は丁寧に頭を下げる早緒莉に侮蔑（ぶべつ）の眼差しを注（そそ）いだ。

「随分適当なの捕まえたんだね。時間がないから仕方ないか」

誠は鼻で笑った。

彼の言葉に、腹の底から怒りがこみ上げてくるのを感じる。

「失礼だ」

「本当のことを言っただけだろ。なに怒ってるの？　ああ、図星だから？」

「誠！」

俺が声を荒らげると、早緒莉が俺の腕をそっと握って口を開いた。

「そうなんですよ。平凡な相手ですみません。私が一番不思議なくらいで。……でも、幸せになりますから、心配なさらないでください」

〝適当なの〟という屈辱的な言葉で蔑（さげす）まれたというのに、早緒莉は笑顔まで添えている。

どうして彼女はこんなに強いのだろう。そして、優しいのだろう。

それに、『幸せになりますから』という彼女の言葉に頭を殴られた気がした。彼女と結婚するからには俺が幸せにしなければ。

「彼女は最高の結婚相手だ。誰にもなにも言わせるつもりはない。彼女に謝れ」

俺が謝罪を要求すると、誠はギョッとしたような表情を見せる。今まではどんな辱（はずかし）めを受けようとも流すだけで、こんなふうに謝罪を要求したことなどないから驚いているのだ。でも、早緒莉まで嘲笑（ちょうしょう）されては黙っていられない。

俺は自分の中にこれほど激しい感情があるのを初めて知った。

「な、なんだよ」

「早緒莉を侮辱するのは、俺が許さない」

「賢太さん。行きましょう」

失礼すぎる態度に一発殴ってやりたいほどだったが、早緒莉が困惑している。俺は誠をにらんだあと彼女を連れて玄関を出た。そしてガレージで車に乗り込むと、すぐに頭を下げる。

「すまない。嫌な思いをさせた」

「とんでもない。賢太さんが怒ってくれてうれしかった」

彼女がずっと口角を上げているのは、きっと俺に気を使っているのだろう。

「早緒莉……」

「それに、『誰にもなにも言わせるつもりはない』って決めゼリフ、しびれました。ドラマみたい。もう一回、聞きたいな」

早緒莉はおかしそうに肩を震わせながら言うが、俺に罪悪感を持たせないようにしているのがありありとわかる。

「二度と言うか」

「録音しとけばよかった」

あんなひどい言葉を投げつけられたら泣いてもおかしくないのに、彼女は笑みを浮かべる。

「それより、時間がないって、なんのことですか？」

早緒莉の質問に、不自然に目をそらしてしまった。

最低なのは誠ではなく、俺かもしれない。でも、いまさらあとには引けない。

「……いい歳だから結婚を焦っていると思ったんだろ。気にしないでくれ」

「そう……ですか。わかりました。それじゃ、カフェに行きましょう。えーっと、ここなんですけど」

気丈に振る舞う早緒莉は、スマホを取り出して俺に見せた。

小さな違和感

柳原家に訪問後、私の実家にも挨拶(あいさつ)に行ったが、両親は賢太さんが御曹司だと知り腰を抜かしていた。

たしかに彼の実家はとんでもなく大きくて、きちんと手入れされた庭には池まであった。私とは住む世界が違うのだろうけれど、賢太さんは良家で育った人間であることをひけらかしたりはしないし、偉ぶった態度をとったところも見たことがない。

彼の実家の空気はとても冷たく、お父さまも弟の誠さんも賢太さんと距離があった。特に誠さんは攻撃的で、私に心ない言葉をぶつけてきた。

もちろん腹は立ったが、一番嫌だったのは賢太さんが蔑(さげす)まれたこと。彼を貶(おとし)めるような言い方をする誠さんに、気がつけば言い返していた。

普通実家は心安らぐ場所であるはずなのに、賢太さんにとっては心を擦り減らす場所だったのかもしれない。そう思った私は、結婚したら帰宅するのが楽しみになるくらい温かい家庭を作らなければと決意した。

私の両親には結婚を大賛成してもらえたため、プロポーズから二週間後には入籍して引っ越しも済ませ、私たちは晴れて夫婦となった。

会社の仲間に結婚したことを報告すると、皆目を丸くしていた。特に西村さんはしばらく言葉を発しなかったくらいで、かなり経ってから「マジで？」と言うので噴き出してしまった。

「いつの間に……。俺たちが柳原さんのことを鬼って言ってたの、筒抜け？」

「大丈夫です。だって、私も言ってましたし」

鬼には違いない。

こそこそ話していると、「有馬」と早速賢太さんが呼んでいる。

「旦那さんがお呼び」

西村さんに茶化されて賢太さんのデスクに足を向けた。

「なんでしょう」

「商品開発の部長から内線が入った。一緒に来いと」

もしかして、試作品ができた？　台湾パインを使った野菜ジュースを提案してあったのだ。

「すぐ行きましょう！」

鼻息荒く返すと、彼は苦笑している。

一緒に廊下に出たところで、賢太さんが話しだした。

「部長が笑ってたよ。営業部は無理難題しか言わないと」

「ブレンドも部長が試作してくれたんですか？」

今のブレンドコーヒーも試行錯誤を重ねたと聞いているが、その開発に部長が絡んでいるのかもしれない。

「最初はまったく取り合ってくれなかった。だから仕方なくひとりで黙々とコーヒーを淹れ続けてた」

「え！」

　まさかそこまで苦労しているとは。以前、商品開発部には煙たがられていたと軽い調子で話していたけれど、煙たがられるどころではないのかもしれない。今までのフィエルテの歴史を覆そうとする彼に、味方はいなかったのだろう。それでもフィエルテの未来のために闘い続けたのだ、きっと。

「何度もデータを取って、商品開発部に通った。しつこくて仕事にならないと言いながらも手を貸してくれたのが、今の部長だ」

　新しいカフェのメニューを模索している私が、商品開発部の面々に話を聞いてもらえたのは、賢太さんがそういう道を作っておいてくれたからに違いない。

「そうだったんですか……。部長に足を向けて眠れないですね」

「そうだな。アルコールも和カフェの商品も、まだこれからお願いするし。お前、ますます嫌われるな」

　嫌われるな、なんて言いながら、口元が緩んでいる。彼がこういう顔をするのは私の前だけだ。それがうれしい。

　商品開発部に入ると、ドアの近くにいた男性社員が賢太さんを見てあからさまに眉をひそめた。嫌われているのは賢太さんでしょう？

「営業部の柳原だ。石井部長は」

「おお、来た来た」

奥のドアから顔を出した男性が部長らしい。眼鏡をかけた、恰幅のいい方だ。

「結婚したんだって？　面倒くさい夫婦だな」

部長は賢太さんと私に交互に視線を送り、遠慮なしに言う。しかしその目は笑っていた。

「お褒めの言葉、ありがとうございます」

動じない賢太さんもすごい。

「まあ、あのブレンドにうちの会社は救われたから、面倒くさくても文句言えないけどね。それで、パインの話だけど、試作できてるよ。飲んでみる？」

「もちろんです！」

私が食いつくと「血の気の多そうな奥さんだね」と笑われてしまった。

「それじゃ、こっち」

さっき部長が出てきたドアから奥の部屋に行くと、そこには少しずつ色の違うジュースが四つ並んでいた。

「うちの研究員が飲んでまずいと思ったのは抜いてある。それぞれに入っている野菜とその効能はこのメモね。そうそう、そちらから提案されたレシピは、まずすぎて却下したから」

「あ……」

私が効能を考えて使えそうな野菜をリストアップしたもののことだ。

「残念だな、有馬」

涼しい顔をしている賢太さんだが、絶対に内心大笑いしている。

「面倒くささで言ったら、旦那の勝ちだねぇ。ほんと、この人はねちっこいと言うか、あきらめが悪いと言うか。でも、この人を目指せば間違いないよ。うちの部はため息の嵐だけどね。俺たちの敵」

毒舌ながらも、部長が賢太さんを認めているのがわかってうれしくなる。

賢太さんは煙たがられてもあきらめずに通い続け、長い時間をかけて信頼を勝ち取ったのだろう。

それから試飲させてもらったジュースはどれも完成度が高くて、企画の成功を確信した。

「野菜が入っているとは思えません。絶対にいけます、これ」

興奮気味になるのは、企画の大きな要の目途がついたからだ。

「これを少し多めに作っていただけますか？　試飲モニターを集めますので」

「了解」

四種類のうちひとつを指定した賢太さんは「有馬、すぐ動け」と指示を出す。

「わかりました」

私は早速モニター集めのために動きだした。


とある週の金曜日。私は賢太さんのマンションで夕食を作っていた。

入籍後、ここに引っ越してきたものの、広すぎていまだ落ち着かない。

ビーフシチューを作っていると、玄関のドアが開く音がする。会議で遅くなっていた賢太さんが帰ってきたのだろう。私は火を止めて玄関に走った。

「ただいま」

「おかえりなさい」

「うん。着替えてくる」

彼は私の顔を見ることもなく、ベッドルームに向かう。

いつもこんな調子だ。初めてのセックスがあまりに情熱的だったからか、新婚生活があっさりしていて、正直拍子抜けしている。

行ってきますのキスとか、「いいにおいだ。今日の夕飯はなに？」とかそんな甘いやり取りを期待していた私は、妄想癖があるのだろうか。

もちろん会社でのように怖いわけでも厳しいわけでもないのだが、ちょっとよそよそしいと言うか……

交際ゼロ日で結婚を決めたのだからしょうがないのかな。でも、だからこそ付き合い始めのような甘い日々を想像していたのに。

「ま、いいか」

だからといって新婚生活がつまらないわけではないし。

キッチンに戻ってテーブルに料理を運び始めると、着替えを終えた賢太さんが戻ってきた。こんなにさわやかに着こなす人がいるんだと感心するような白いTシャツ姿に、目が泳ぐ。

「ワイン飲みます？」

「そうだな。俺が出すよ。今日のメニューはなに？」

私と視線を合わせることもなく、彼はワインセラーのほうに足を向ける。

「ビーフシチューです」

彼は「それじゃあ、赤だな」と、五十本ほどのワインからひとつを選び出した。

ワインをグラスに注ぐのは賢太さんの仕事。私は知らなかったのだけれど、海外では男性が注ぐのが普通なのだとか。

「仕事、お疲れ」

「はい。お疲れさまです」

グラスをちょっと上げて乾杯したあと、賢太さんはビーフシチューの牛肉を口に運んだ。好き嫌いはないと言っていたけれど、口に合うか心配でじっと見てしまう。

彼は小さくうなずくだけで、特になにも言わない。気に入らないのかな……と心配しつつ、自分も食べ始める。結構おいしくできたと思うんだけどな。

「モニター集まったんだって？」

咀嚼して呑み込んだ彼は、唐突に仕事の話を始めた。

「はい。もともと登録制にしてありましたので、登録してあった方から今回は二十代の人をチョイスしてお願いしました」

事前にモニター登録をする制度は、私が以前提案して実現したものだ。

「うん。進めて」

「わかりました」

これじゃあまるで会社だと思ったけれど、もともと賢太さんとは仕事でしかつながっていなかったので、他の話題が思いつかない。賢太さんもそうなのかもしれないと思いつつ、ワインを口に運んだ。

夕飯が済んだあとは、入浴の準備をする。この部屋のバスタブはとても広くて、脚を思いきり伸ばせるのでお気に入りだ。賢太さんは何種類ものバスソルトをそろえていて、どれにするか選ぶのも楽しい。今日は柑橘(かんきつ)系の香りのものをチョイスした。

リビングに戻ったものの、賢太さんの姿がない。書斎に向かうとドアが少し開いていて、中では賢太さんがパソコンに向かっていた。

「もうお風呂にお湯が入りますけどお仕事ですか?」

「月曜までに目を通しておかないといけない書類がたまってるんだ。早緒莉、先に入って」

「はい」

振り返ることもなく言う彼に返事をする。

ちょっと寂しいな。でも、責任ある立場の人だから仕方がない。

私は気持ちを切り替えてバスタイムを楽しみ、その後彼を呼びに向かった。

「お先にいただきました。賢太さんもどうぞ」

「うん。ありがと」

ようやく私の顔を見てくれた彼は、ノートパソコンを閉じて立ち上がる。

「忙しいんですね。手伝えることがあれば……」

「問題ない。早緒莉は自分の仕事が大変だろ？」

「そうですけど」

それはその通りなのだけど、手伝いを拒否されたように感じた。

そもそも管理職の彼とは仕事の質が違うか……

そんなことを考えているうちに、彼は「風呂に入ってくる」と行ってしまった。


「ん？」

浮遊感を不思議に思い、ゆっくり目を開く。

「ベッドで寝ないと風邪ひくぞ」

「ごめんなさい」

賢太さんがお風呂から上がるのをリビングのソファで待っているうちに眠ってしまったようだ。

気がつけば抱き上げられていた。

「下ろしてください」

「いいからつかまってろ」

照れくさいけれど夫婦らしい触れ合いがうれしくて、彼にしがみついて密着した。

ベッドに私を下ろした彼は、「疲れてるな。ゆっくり休んで」と布団をかけたあと、離れていく。

「えっ……」

また仕事に戻るの？　と思ったら、声が出てしまった。

「期待してた？」

「ち、違います」

本当は期待していた。平日は仕事があるせいで、倒れるように眠ってしまうし。もちろん、私の体力がないのが悪いのだけれど。今日も疲れているが、明日は休みなのに……って思ってしまった。

「認めろよ」

ベッドに上がって私の顔の横に手をつき見下ろしてくる彼は、イジワルな笑みを浮かべている。

でも、期待してたなんて、すごく淫乱な気がして言えない。

「あっ……」

パジャマの上着の裾から手を入れられ、脇腹を撫でられただけで声が出てしまった。

どうしよう。たったこれだけのことなのに、もう体が火照ってる。

「誘ってるんだろ？」

彼は私の額に額を合わせて、至近距離でささやく。

吐息がかかるだけでドキッとしてしまうくらい彼が欲しい。

「賢太さん……」

「なに？」

私はこんなに体が疼くのに、彼は平気なのだろうか。

「イジワルしないで」

観念して言うと、彼は私の耳朶を食んだ。

「シようか、早緒莉」

甘くささやかれて、彼の首に手を回してうなずく。すぐさま落とされた唇は、私を甘美な世界へと誘った。

パジャマの上から胸の尖りを見つけた彼は、激しく舌を絡ませながら指の腹で撫でてくる。触れられてすぐに硬くなってしまったそこを布越しに軽くつままれ、思わず彼の腕をギュッと握った。

それから彼はボタンを外して、あらわになった双丘をふにふにと揉んでもてあそぶ。

「は……っ。はぁ……」

頂を口に含まれ、舌で転がされると、呼吸が荒くなっていく。

再び唇を重ねてきた彼は、今度は私のズボンの中に手を入れ、敏感な部分を優しく撫でだした。

「あっ……。あぁ」

「脚、閉じるなよ」

私の弱い部分を知り尽くしている彼の指の動きが気持ちよすぎて脚に力を入れると、すぐさま指摘された。

「だって……」

「だって、なに？　気持ちいい？」

もう強がる余裕もない。素直にうなずくと、彼はあっという間に私のズボンとショーツを脱がせて、脚の付け根を軽く吸い上げてきた。

「あっ、ヤッ……」

「ここなら見えないだろ？」

彼がそう言うのは、見えるところにキスマークをつけないでほしい、とお願いしたからだ。

実は会社で後輩の女の子に首筋の痕を指摘され、「虫に刺されたの」と言い訳したのだ。どうやら隣にいた西村さんはキスマークだと気づいたようで、含み笑いをしていたけれど。

しかも、その様子を見ていたらしい賢太さんに、廊下で「虫刺されには気をつけろ」と素知らぬ顔で言われた。つけたのは自分のくせに。

「もうこんなに濡らしてる」

彼は滴る雫を指に纏わせ、膨らんだ蕾に触れてくる。そして尖らせた舌を花襞の中に割り込ませてきた。

「っあ……」

達してしまいそうになり、シーツを握りしめて必死にこらえる。けれども刺激が一瞬止まったのを不思議に思い、閉じていた目をふと開くと、今度は蕾を吸われて体が大きく跳ねた。

「あぁ、ダメッ……感じちゃ……んぁっ！」

久しぶりだからか、はしたない声をまったく我慢できず、彼の手を強く握りながら絶頂に駆けのぼった。

「はぁ、はぁ……」

息を荒らげ放心している間に、下着を脱いだ彼が猛々しくそそり立つそれに避妊具をつける。

こんなに大きなモノが私の中をかき回すと思うと、自分の頬がさらに上気していくのがわかった。

欲棒にぬるぬるとした恥蜜をこすりつけた彼は、膣壁を押し開くようにゆっくり侵入してきた。

「……ぁっ、んあ……ふうっ」

腕をシーツに縫いとめられ熱い肉杭で突かれると、頭が真っ白になる。

質量をどんどん増していくそれに肉襞をこすり上げられるたび、グチュッグチュッという淫靡な音が響き渡り、恥ずかしいのにもっと欲しいという淫らな欲求に支配される。

容赦なく与えられる悦びに髪を振り乱していると、彼は一旦出ていった。ヌプンと抜けた感覚が寂しくて、もっと欲しいと体が疼く。

とろけた私の体を回転させて腰を持ち上げた彼は、うしろから再び楔を打ち込んできた。

「はぁん！」

こんな恥ずかしい恰好も、愉悦を教え込まれた私は拒否できない。激しい抽送に、呼吸が乱れる。

「はっ、はっ……。賢太、さん……」

もっとして。もっと私をメチャクチャにして。

そんな言葉がこぼれそうになるのを、必死で呑み込む。

彼は背中越しに手を回してきて揺れる乳房を荒々しくつかみ、尖る頂を軽くつまんだ。

「やぁ……っ」

その瞬間、甘い疼きが全身を駆け巡り、彼の脈打つ滾りをギュッと締めつけてしまう。

「ん……」

賢太さんの艶(つや)を纏(まと)った短いため息が、私をさらに高ぶらせた。

「ダメッ。またきちゃう……」

「俺も、もう……んーっ」

激しく腰を打ちつけていた彼が、動きを止めて体を震わせる。

再び絶頂の渦(うず)に呑み込まれた私は、枕に顔をうずめて、彼のモノが自分の中でドクドクと欲を放つのを感じていた。

彼が出ていくのと同時に、ベッドに崩れるように倒れ込む。

肩で大きく息をする彼は、避妊具を外(はず)したあと私の隣に横たわり、額(ひたい)に優しいキスをしてくれた。

「疲れただろ。寝ようか」

「……はい」

彼は微笑み、まぶたを閉じた。

まただ。結婚してから彼は、行為が終わった途端に遠い存在になる。

男性側の事情はよくわからないけれど、初めてのときは何度も求められ、終わったあともずっと抱きしめてくれていた。あれは、雄司に裏切られて傷ついていた私を慰(なぐさ)めてくれただけなのだろうか。

行為の最中だってそうだ。私はおかしくなりそうなくらい乱れているのに、彼は手順どおりに絶頂への階段を一段ずつ丁寧に上(のぼ)っていくようで、初めて抱かれたときのような熱を感じない。イジワルな言葉で翻弄するくせして、どこか冷静さを感じる。

初めての夜は、〝食われる〟と思うほど激しく求められ、そしてすさまじい欲望をぶつけられた。どれだけ息が上がろうとも許してもらえず、そして彼も悩ましげな表情で喜悦の声を時折漏らしていた。

もちろん、今も体がとろとろに溶けてしまいそうなほどの愛撫を与えてくれるが、どこか淡々としているのだ。

なんだろう、この違和感。

私とのセックスが気持ちよくないのかな……

さっきも、私が引き止めなければ部屋を出ていっただろう。一晩に何回もできるほどの体力があるくせして、多くて週に一度。それも休日前だけだ。

私の体力がないから遠慮してくれていると思っていたけれど、したくないの？

違うよね。だってまだ新婚だよ？　飽きるのは早すぎる。もしかして、私の体では物足りない？

すさまじい不安が襲ってきて、唇を噛みしめる。

別に、もっとしたいというわけではない。けれども、彼の感情が自分に向いていないのではないかと思えてならないのだ。

結婚したら皆こうなるのかな。もうすでに倦怠期がやってきているようで、なんとも言えない気持ちになる。

交際もせずに結婚を決めたのは間違いだった？

賢太さんの真面目さや誠実さは理解しているつもりだった。雄司に裏切られた苦しみから救い出してくれた彼の優しさを信じて、これからゆっくり愛を育んでいけばいいと思っていた。それなのに、いきなり挫折している。

ううん。余計なことを考えたらダメ。賢太さんだって疲れているの。毎日まっすぐ帰ってきてくれるし、毎朝おいしいコーヒーも淹れてくれる。少し違和感があるからといって、彼の気持ちを疑うなんて、妻として失格だ。

なにも知らない赤の他人同士がいきなりひとつ屋根の下で暮らし始めたのだから、多少のすれ違いはあってもおかしくない。これからその部分を埋めていけばいいんだ。

私はそう考えて、寝息を立てだした彼の隣で目を閉じた。

翌朝はちょっと寝坊をしてしまった。隣にいたはずの賢太さんの姿はもうない。

床に散らばっていたパジャマを纏いリビングに向かうと、コーヒーのいい香りが漂ってくる。ドアを開けると、キッチンにいた賢太さんが振り向いた。

「おはよ」

「おはようございます。寝坊してすみません」

「休みなんだから、もっと寝ててもいいぞ」

よかった。いつもの賢太さんだ。彼はあからさまに笑みをこぼしたりはしないが、いつも優しく声をかけてくれる。

「いいにおい」

「うん。今日はカフェオレにするよ。朝食用意しておくから、シャワー行っておいで」

「わかりました」

私はすぐにバスルームに向かった。

料理はあまりしない賢太さんだが、簡単なものは作れる。パンを焼いているようだったので、トーストと目玉焼きあたりが出てきそうだ。

「素敵な旦那さまよね」

シャワーコックを開けながら、自分に言い聞かせるようにつぶやく。

亭主関白で、座って命令するだけの旦那さまに腹が立つという友人の話も聞いた。共働きなのに、家事を手伝ってくれなくてケンカばかりという別の友人の話も。

夕食はほとんど私が作るが、賢太さんは仕事が忙しいときは外食に誘ってくれるし、洗濯物を畳むのも手伝ってくれる。そしてなにより、最高においしいコーヒーを淹れてくれる。できた旦那さまだ。

そうやって気持ちを上げようとしたものの、彼のよそよそしい態度を思い出してしまい不安が拭えない。

鏡に映る自分の姿を見て、魅力がないのかもしれないと落胆した。

「はぁ……」

ダメだ。おいしいカフェオレを飲んで元気を出そう。そう思った私は、急いでシャワーを終えてリビングに向かった。

テーブルに並んだのは、バタートーストと目玉焼き、そしてソーセージ。あとはいい香りのするカフェオレ。

「んー、幸せ」

やっぱり賢太さんが淹れるカフェオレは絶品だ。

ネルフィルターは管理が大変なのに、おいしいものを飲むためだからと彼は手入れを怠らない。

「よかった。そういえば大学のプレゼン資料読んだぞ。ひとり用のブースを作るのは賛成だが、テーブルが小さくないか？　図書館代わりにパソコンやノートを広げるには狭い」

トーストを手にした賢太さんはいつものように仕事の話を始めた。私はもう少し夫婦らしい会話を楽しみたいのだが、直属の上司と部下なのだから仕方がないのかな。

「そうですね……。ただ、大きくすると席数が少なくなります」

広々と使えるに越したことはないけれど、一度に入れる客数が減るので利益も下がる。そのあたりのバランスがとても難しい。

「そうだな。ただ使いにくいという噂が広がって客が入らなくなったら終わりだ。大学内は、外からの客でカバーできないぞ」

「もう一度検討し直します」

「うん。よろしく」

完全に会社での会話だ。しかし、大学のプレゼンが次の金曜に迫っているので、こうして家で打ち合わせができるのはラッキーなのかもしれない。

管理職である賢太さんはしょっちゅう会議でいないし、私たち一課だけでなく二課にも気を配らなくてはならない。もちろん相談すれば助けてくれるが、私だけに時間を割くわけにはいかないのだ。

パクパク食べ進む彼は、私よりずっと早く食べ終わり、席を立った。

「すまん。月曜までに終わらせないといけない仕事があって」

「片づけておきます」

デートしたかったなという言葉は呑み込んで答える。

彼は私たち以上に重要な役割を担っているのだから仕方がない。

「助かる。それと、来週の火曜と水曜は大阪に出張になった。早緒莉が大変なときに一緒にいられなくて申し訳ないが……」

賢太さんは少し気まずそうに話すが、私は意識して笑顔を作った。彼に負担をかけたくない。

「困ったらメールしますから大丈夫です」

言葉とは裏腹に、心細さに襲われる。仕事でも、プライベートでも。

仕事では怖い人というイメージが先走っていたけれど、彼がいないだけでこんなに不安だ。どれだけ精神的に頼っていたのかを思い知った。

週明けの月曜日。私は少し早起きをしてお弁当をこしらえた。

西村さんが「柳原さん、またコンビニ弁当食ってる」と言っていたのを思い出したからだ。距離を感じて寂しいと思うなら、自分から歩み寄ればいい。賢太さんはハードな仕事をこなしているのだから、それを支えられる妻になろうと考えたのだ。

タンドリーチキンをメインに、ニンジン入りの卵焼き、いんげんの胡麻和え、そしてたこさんウインナー。

ウインナーをたこ型に調理してから、なんでたこにした？　と自分でつっこんだ。これを鬼と呼ばれる賢太さんが職場で食べる姿を想像できない。そのまま焼いて入れればよかったのに、お弁当のウインナーといえばたこさん！　になってしまう自分の単純さに笑ってしまう。

「作り直す？」

色どりのためのプチトマトを詰めながら考えていると、賢太さんが寝ぼけ眼でやってきた。あんなに凛々しい人のちょっと抜けた姿を見られるのは、妻の特権だ。

「早緒莉、早いな。……あれっ？」

私の隣に並んだ彼がお弁当を見て驚いている。

「賢太さん、お昼はいつもコンビニだから、お弁当作ってみようかなと思って。いらなければ私が――」

「いる」

即答されてホッと胸を撫で下ろす。

「たこ？」

彼は間が抜けた声を発した。

「勢いで作ってしまいました」

「あははっ。いいねえ、たこ」

彼が声をあげて笑うのはとても珍しい。

「やっぱりまずいですよね。これは朝食べて、作り直します」

「いや、これでいい。よく初枝さんが作ってくれた」

そっか。彼の思い出のお弁当は、お義母さまではなくお手伝いさんが作ったものだったのか。

他の兄弟もそうだったのかな。それとも賢太さんだけ？

そんなことを考えてしまうのは、彼の実家に赴いたときに感じた冷たい空気のせいだ。

お父さまがあまり私たちの結婚に興味がなさそうだったのも、お義母さまが顔すら出さなかったのも、彼は『俺はこんな扱いなんだ』と言って淡々としていた。もしかしたら、柳原家の一員でありながら疎外され続けてきたのかもしれない。だとしたら、今からでも遅くない。家庭の温もりを知ってもらうために、たこさんウインナーを作り続けよう。

「昼が楽しみだ」

「はい」

彼の頬が緩んでいる。思った以上に喜んでくれているのがうれしい。

いろいろ気になることはあるけれど、こうして夫婦の絆を深めていけばいいと思えた。

翌日出張の賢太さんはその日珍しく早く退社できることになり、一緒に会社を出た。

帰宅してすぐに夕飯の支度に取りかかると、着替えを済ませた彼がやってきて笑顔で空の弁当箱を差し出してくる。

「これうまかった」

「すみません。ウインナーの話、広まっちゃったみたいで」

西村さんに聞いたのだが、会社中「あの鬼部長がたこさんウインナーを食べている。かわいい」という話題で持ちきりだったとか。しかも彼に、「柳原さんにたこさんウインナーを作る有馬って、相当度胸があるのか、尻に敷くタイプなのかって聞かれたんだけど、どっち？」なんてからかわれてしまった。

「そんなものどうでもいい。早緒莉が俺のために作ってくれたんだから」

彼は私を背後からふわっと抱きしめ、耳元でささやく。

久々の甘い雰囲気に、お弁当を作ってよかったと思った。

彼が私を抱き寄せたまま耳朶を甘噛みするので、心臓が大きく跳ねる。

「なあ、先に風呂にしよう」

「それじゃあ、準備してきま――」

「こっち」

彼は私の言葉を遮り、腕を引く。そして脱衣所に行くと、私が着ていたカットソーをいとも簡単に脱がせてしまった。

「シャワーでいい？　俺が洗ってやる」

　一緒に入ろう、ってこと？

「だ、大丈夫です。自分で」

　恥ずかしすぎて遠回しに拒否したのに、彼はそそくさとTシャツを脱ぎ捨て、見事に割れた腹筋をさらした。

「下も脱いで」

「賢太さん、お先に」

「脱がないなら、全部俺が脱がせるけど」

　胸を隠して逃げようとする私を捕まえた彼は、あっさりスカートのファスナーを下ろしてしまう。ストンとそれが床に落ちた瞬間、両腕を拘束されて壁に押しつけられた。

「早緒莉が煽（あお）るからだよ」

「煽（あお）る？」

　いつ煽（あお）ったの？　夕飯の支度をしていただけなのに。

「弁当、すごくうれしかった」

　本当に？　ちょっとした思いつきだったのに、こんなに喜んでくれるとは。

「よかった……」

「早緒莉」

　賢太さんは甘い声で私の名を呼び、真剣な眼差しを向けたあと私の唇を奪った。

熱い舌が私の舌を絡めとり、歯列をなぞる。私の後頭部をがっしり捕まえて逃れられないようにした彼は、息をさせまいとしているのではないかと思うほど、激しいキスを続ける。

いつも以上に強く求められているのがわかって、鼓動が速まりだした。

「は……」

私の舌をもてあそんだ彼の舌がようやく離れていく。銀糸が伝う様（さま）がなんとも艶（なま）めかしくて、恥ずかしさのあまり耳まで熱くなってきた。

「まだ足りない」

彼は私のひざを脚で割り、一層密着してくる。そしてブラの肩紐を手で払い落とし、少し乱暴にそれを引き下げて、あらわになった乳房にむしゃぶりついた。

ああ、食われる。

獰猛（どうもう）な肉食獣に食べられるというような感覚に、ゾクッと震えがくる。同時に、早く食べてほしいと焦るような気持ちが湧き起こり、彼の髪に手を入れ引き寄せてしまった。すると彼は、もう片方のふくらみを手で握り、すでに尖（とが）っているその先を指で軽くつまむ。

「あ……っ」

どうしよう。体に完全に火がついてしまった。

勝手にあふれてくる淫（みだ）らな液体が、ショーツのクロッチに染みを作っている。

賢太さんは舌を這（は）わせたまま下りていき脇腹を軽く吸い上げると、ストッキングとショーツを同時に下げた。

「あっ、イヤッ」

「おいで」

　すべてを脱ぎ捨てた彼は、私の腕をつかんでバスルームに引き入れた。そして、すぐさまシャワーを出して再び唇を重ねてくる。

「はぁ……」

　彼は艶(つや)やかなため息をつくと、手に泡をつけて私の皮膚に指を這(は)わせ始める。石鹸(せっけん)のせいでするすると滑るそれは、いつもとは異なる刺激となって私を襲う。

「ん……あん……あぁぁ……っ」

「どうした？　俺はお前の体を洗ってるだけだぞ」

　イジワルな言葉が恥ずかしくてたまらないのに、体はいっそう火照(ほて)りだす。

　賢太さんは私を引き寄せ、背中にも泡をつけて撫で始めた。全身が敏感になっている私は、彼の指の動きに翻弄(ほんろう)され、次第に体がとろけていく。

　でも違うの。触ってほしいのはそこじゃない。

「賢太、さん……」

「なに？」

　彼はわかっていて焦(じ)らしているのだ。

「お願い。もっと……」

「触ってほしいの？」

ようやく欲しい言葉を引き出せた思いうなずいたのもつかの間。

「おねだりはちゃんとして」

「えっ？」

「早緒莉からキスして」

そんな。こんなに焦らしたのに、まだハードルを上げるの？

でも、もう我慢できない。

私は彼の首に手を回して唇を重ねた。少し触れただけで離れると、突然壁に押しつけられて目を瞠る。

「そんなので許されると思ってる？」

賢太さんは私の唇を指でなぞり、少し怒り気味に言う。

「足りないんだけど。全然足りない」

私の顎を持ち上げた彼は、情欲を纏った視線で私を縛る。

「舌、出して」

まるで催眠術にでもかけられたかのように従順に従ってしまうのは、早く彼が欲しくてたまらないからだ。

おずおずと舌を出すと、彼はそれをペロリと舐める。一旦はそれで離れたものの、今度は私の顎をしっかりつかみ、再び舌を絡ませてきた。私もそれに応えようと必死になって動かすが、うまくできていないのか彼は眉間にしわを寄せた。

「ごめんな――」

「ダメだ。焦らしてやろうと思ったのに……」

「えっ？　……んっ」

いきなり唇を覆い口内へと舌を進めた彼は、泡のついた手で私の乳房をすくうように持ち上げ、揉みしだく。その荒々しい行為をうれしいと思う私はおかしいだろうか。

でも、私はこれを待っていたのだ。強い欲望をぶつけられ、食われる、そのときを。

賢太さんは何度も角度を変えて唇を重ね続け、泡の中に隠れて刺激を待っていた乳頭をそっと撫でる。その瞬間、体の奥でじわりと新たな愛液が作り出された。

「はっ」

思わず声を漏らすと、ようやく唇を解放した賢太さんが、「すごく淫らな顔してる」と指摘してくる。自覚があるだけに羞恥心が煽られてしまい、彼の厚い胸に顔をうずめて隠した。しかし彼は指の動きを止めない。ときには爪ではじき、ときには軽くつまんだ。

「んぁっ、あ……ぁ……」

力が抜けてしまいそうになり首にしがみつくと、「キスして」ともう一度迫られた。もう完全に彼の熱に溶かされた私は、今度は自分から舌を入れて彼の舌と絡ませる。私の唾液と彼のそれとが混ざり合い、口の端から滴ってしまう。それでもやめられず、彼を求め続けた。

腰をグイッと引き寄せられ、反り返った欲棒を下腹部に押しつけられると、貫かれたときのゾクゾクする感覚がよみがえってくる。

「はー。早緒莉、握って」

こんなお願いをされたのは初めてだ。

おそるおそる触れると、一瞬眉根を寄せた彼は目を閉じて顎を上げる。

「もっと、もっと強く」

私の手を包むように彼が手を重ねてくる。私はしっかりと握り直して上下に動かした。

「はっ……」

彼は短く、そして艶やかな声を発して、私の肩に顔をうずめる。

賢太さんの息が次第に上がっていくのがわかる。「ん……んんっ」と声にならない声を漏らし始めた彼は、私の肩をつかんで悩ましげな表情を見せた。

私の手で感じているの？

いつも余裕の彼にこんな顔をさせているのが自分だと思うと、私の体まで熱くなる。

手の中でさらに怒張していく猛々しい淫茎が、先端からぬるぬるとした液体を垂らし始めた。

「はぁ、いい。たまんない」

耳元でささやく彼は、私の秘所に手を伸ばす。

「あぁっ……」

そして茂みの中に隠れていた花芯をいとも簡単に見つけ、それを優しく撫でてくる。むきだしの神経に触れられているかのような刺激に、今度は私が呼吸を乱した。

「あぁっ、ヤ……。それ……っ」

彼の腕をつかんで訴えるも、指の動きは止まらない。

「これ、なに？　あふれてくるけど」

指をずらされ、秘窟から流れ出すいやらしい蜜を指摘されて、首を小さく横に振る。

ダメ。欲しすぎてもう待てない、なんて知られたくない。

「我慢できないんだ」

耳元でささやかれると、いけないことをしているような気持ちになってしまい、余計に体が敏感になる。

「あぁぁっ！」

媚蜜を指に纏わせた彼は、私の中にそれを進めた。柔壁をまさぐる無骨な指は、しばらくなにかを探しているかのように暴れまわる。

「んあっ」

「見つけた」

彼はそれからその一点を執拗にこすり上げ始めた。

「賢太さ……。そこ……イヤッ、はぁぁっ」

たちまち大きな快楽のうねりに呑み込まれてしまう。喜悦の声をあげながら体を預けると、しっかり支えてくれる。

「挿れたい」

彼は私を壁に寄りかからせて、右脚のひざの裏に手を入れて持ち上げる。そして熱い肉杭をめりめりと突き立ててきた。

「あぁ……っ。あ……う……んっ」

荒々しさを伴う行為に、すさまじい快感が体中を駆け抜けていく。

「これが俺の形だ。しっかり覚えろ」

彼は私の腰をつかみ、さらに突き上げた。襞をこすられるたび新たな愛液が作り出されて、グチュッと淫猥な音を立てる。

「賢太さん。賢太……んぁっ。奥、奥に当たって……」

無我夢中で彼につかまり、快楽に悶える。熱い楔が奥をえぐるたび、言い知れない甘い疼きに支配され、なにがなんだかわからなくなる。

「早緒莉……」

彼は私の首筋に軽く歯を立てたあと、強く吸い上げて印を作った。

「俺がいない間、他の男を寄せつけるな」

「そんな……。わ、私は、賢太さんだけ……はっ」

激しい独占欲をぶつけられ、それをうれしいと思う自分がいる。

もう一生、あなただけなのに。

彼は腰を引き、私の中からするっと出ていってしまう。追いかけたい衝動に襲われ彼を見つめると、すぐに唇をふさがれた。

激しいキスのせいで口の端から唾液がこぼれ、私の体はますます熱くなる。

「早緒莉。ここに手をついて」

彼は私の体をくるっと回すと、鏡の前に立たせて壁に手をつくように指示をする。

普通なら恥ずかしくてできないようなその指示に従順に従ってしまうのは、早く彼が欲しいからだ。

お願い、今すぐ貫いて。

自分がこんなに淫(みだ)らだったなんて知らなかった。でも、もう待てない。

彼は双臀を大きな手でつかみ、感触を確かめるように揉んだあと、猛(たけ)る剛直をずぶずぶと中に押し込んできた。

「んはっ」

最奥まで一気に進まれて、体が大きく揺れる。

「早緒莉、顔を上げてごらん」

言うとおりにすると、鏡に自分の呆(ほう)けた顔が映っていた。

「俺のモノを咥(くわ)えて放さないお前は、すごく淫(みだ)らだ」

「違う……」

「認めろよ、ほら」

彼は私の口に指を入れ、口内をかき回す。さっき肉襞をこすられたときの感覚を思い出してしまい、情欲を煽(あお)られた。

「見てごらん。自分の淫(みだ)らな顔」

鏡の中の自分が妙に艶めかしくて、顔をそむけたくなる。

「ずっと見てて。俺で壊れる自分を」

律動を始めた彼は、揺れる乳房を大きな手でつかみ、円を描くように揉んでくる。そのうち、尖って主張する先端を指で転がし始めた。

「ヤッ……ん、っあ……あぁ」

「はー、締まる。食いちぎられそうだ」

鏡に映る賢太さんもまた恍惚の表情を浮かべていた。

パンパンと体がぶつかる音がどんどん激しくなる。一旦動きを止めた彼は、シャワーを手にして私の秘所に向けて当ててきた。

なに、これ……。指で捏ねられるときとは違う甘美に襲われ、いっそう彼のモノを締めつけてしまう。お湯とは違う液体が太ももを伝って滴り、あまりの快楽に我を忘れて髪を振り乱した。

「これがいいんだ」

「違っ……。賢太さん、が……いい」

お湯じゃ嫌。あなたの指と舌。そして熱く滾る怒張で、私をメチャクチャにして。

「そんなに煽るな」

シャワーを放り出して私の腰をむんずとつかんだ彼は、一層激しく腰を打ちつけてきた。

「あっ、激し……。はぁ……ん」

「早緒莉、好きだ」

彼の熱い告白にハッとする。

そういえば……『他の男に渡すつもりはない』とか『もう一生、俺だけを見ていればいい』とは言われたが、〝好き〟とか〝愛してる〟という直接的な愛の言葉をもらったのは初めてだ。

うれしくて、体の感度がますます増していく。

「そんなにされたら、イッちゃ……」

「一緒にイクぞ」

「あっ、おかしくな……あっ、あぁぁーっ！」

劣情を刻み込まれた体は、中でほとばしる彼の欲液を感じて、一瞬で弾けた。

彼は私を強く抱きしめ、荒い呼吸を繰り返す。

「はー、早緒莉……」

全身の力が抜けて倒れ込みそうになったが、賢太さんが支えてくれた。

私を抱えたまま座り込んだ彼は、ふぅ、と大きく息を吐き出す。顔をうしろに向けると、彼は妙に恥ずかしそうな顔で微笑んだ。

「洗うどころか汚したな」

「もう！」

私が笑うと、彼も白い歯を見せる。そして私の顔を引き寄せて、ついばむようなキスをした。

このキスが一番恥ずかしかったのは、気のせいだろうか。

賢太さんに情熱的に抱かれたおかげで、その後の二日間の出張の間も元気に乗りきれた。

広いベッドでひとりで眠るのは寂しかったものの、ずっと心に引っかかっていたモヤモヤがなくなったのが大きい。

よそよそしいと感じたのは勘違いだったのかな。それとも、単に忙しくて疲れていたのかな……

そんなことを考えながら、私は目の前の仕事に没頭した。


いよいよ大学へのプレゼンの日。

私は西村さんと一緒に念入りに準備を整え、賢太さんのデスクに向かった。

「準備できました」

「うん。それじゃあ乗り込むか」

フィエルテの新しい一歩になるかもしれない今日は、賢太さんも一緒に向かう。

大学からの情報で、この企画に手を挙げているのは三社だとわかっている。外資系大手と愛知を中心に展開していて東京初進出を目論む一社、そして我が社だ。

外資対策はばっちりしてある。差別化を図るために作った野菜ジュースは必ず武器になるだろう。

ただ、東京初進出という話題性抜群のもう一社が脅威になるかもしれない。

顔が広い賢太さんは、通された会議室でそれぞれの会社の担当者と余裕の顔で挨拶を交わしていた。一方、私はライバルを前に顔が引きつり、なんとか作り笑いを浮かべるだけ。西村さんもそうだったらしく、「有馬の旦那は全然動じないな」と感嘆していた。

まずは外資系カフェからプレゼンが始まった。

賢太さんの予想どおり、期間限定商品はあれど、この大学のために開発した商品などはないようだ。ただ、知名度は抜群で集客力をアピールしている。実際、ここの商品はＳＮＳでもよく取り上げられていて、おしゃれなカフェとして名を馳せている。

そして二社目は愛知発のカフェだ。ここは昔からあった喫茶店が規模を大きくしていったカフェチェーンで、モーニングが売りなのだとか。

私も知ってはいたが、実際にコーヒーを飲んだこともモーニングを食べたこともない。しかし先日大阪出張だった賢太さんが、わざわざ新幹線を名古屋(なごや)で降りて、コーヒーを飲んできたそうだ。その結果、「負ける気がしない」と言っていた彼の言葉を信じたい。

そして、最後は我がフィエルテの出番だ。パソコンの操作を西村さんに任せて、私は大学職員の前に立って説明を始めた。

「カフェ、ラ・フィエルテはブレンドコーヒーに自信を持っております。ですが今回は、学生さん向けに新たな商品の開発に取り組みました」

説明しながら実際に開発したパインと野菜のジュースを飲んでもらう。

「こちらは美白を意識して栄養分を整えたジュースになります。女子学生をターゲットとしておりますが、野菜がたっぷり入っていまして、栄養不足が気になる下宿生にもよいかと」

飲んでくれている関係者が一様に笑顔でうなずいているので、内心ガッツポーズをとる。

「甘みの強い台湾産のパイナップルを使用することで、砂糖の量も極力減らしております。野菜ジュースと聞くと顔をしかめる若者も多いですが、こちらは野菜をほとんど感じない仕上がりで、しかも栄養満点です」

栄養素を記した資料をプロジェクターで映し、簡単に説明を加えていく。その後、賢太さんに指摘されたテーブルの配置などのこだわりも加えた。

「こちらの大学からラ・フィエルテの新しい一歩を始める所存です。新商品も、近い将来必ず大きなブームにしてみせます。常に進化し続けるフィエルテをどうぞよろしくお願いします」

思いの丈をすべて吐き出すと、なんだか目頭が熱くなった。

やれることはやった。あとは結果を待つのみだ。

数日後。

今日の十七時頃に大学のプレゼンの結果が発表される予定だが、あまり気にしないようにしながら、精力的に働いていた。しかし、落ち着かない。

「……馬。有馬、聞いてる？」

「は、はいっ」

西村さんに話しかけられていたのに、パソコンのモニターを見てぼんやりしていた。

「ちょっと疲れてるんじゃない？　休暇取ったら？」

「大丈夫です」

ここ数カ月、すさまじい勢いで走ってきたので、たしかにへとへとだ。けれども、私よりずっと働いている上、大きな責任まで背負っている賢太さんが目の前にいるのだから弱音なんて吐けない。

「それで、なんでしたっけ？」

「うん。新しいジュースのレシピだけど……」

大学のカフェの仕事をとれなくても、野菜ジュースをフィエルテの新しいラインナップとして加えることは決定しているので、他にも試作品を考えている最中なのだ。

「個人的にはバナナが好きなんですけどね」

「おお、俺も。けど、男がかっこよく飲めるものも欲しいな」

かっこよくか……

たしかに、エスプレッソを上品に飲んでいる男性は、甘いジュースをガブガブ飲んでいる人よりかっこよく見えるかも。私は気にしないけど。

「柳原さんほどのいい男なら、バナナでもピーチでも様(さま)になるんだけどなぁ」

西村さんが賢太さんのほうに視線を送るので、つい私も見てしまう。賢太さんは黙々と書類を片づけていた。

「そういえば、あの噂どうなんだよ」

「噂？」

賢太さんが婚外子だということ？　それとも、私が彼を尻に敷いているというほう？

首を傾げると、西村さんが体を近づけてきて小声で話しだす。

「ＹＢＦコーポレーションの社長の話だよ。近々、三兄弟の中から内定するって」

「そうなんですか？」

「知らないんだ」

その噂の存在すら初耳の私はうなずいた。

「そっか。大本命は柳原物産にいる長男だろうけど、ここ数年の実績の伸びはフィエルテが断トツなんだよなぁ。できる人だし、柳原さんがトップに立ってくれたら、俺たちも鼻が高いのに」

賢太さんのことをいつも怖いとこぼしているくせに、応援してくれているようだ。

「うれしいです。ありがとうございます」

「おっ、妻っぽい発言初めてじゃない？　ほんとに妻なんだ」

「そうですよ、もちろん」

断言したものの、やっぱり妻として振る舞えていないのかなと、ドキッとした。

賢太さんとの関係も、少しぎこちないし。

バスルームで激しく抱かれて一度は自信を取り戻したけれど、あのあとはまた素っ気なくてがっかりしているのだ。大阪出張から戻ってきた日も、帰ってきたのがうれしくて玄関で思わず抱きついてしまったが、彼は私の頭をポンと叩いて「ただいま」と言っただけだった。

「会社でのやり取りを見てると、夫婦って感じがしないんだよなぁ。有馬、容赦なく叱られてるし」

もっともな指摘に苦笑いする。でも、賢太さんのフィエルテにかける情熱がそうさせているのだとわかっているので不満はない。商品開発部の部長も賢太さんを認めているし、部下に雷を落とすだけではなく、自分にも厳しい人なのだ。

「叱られる私が悪いんですけどね。少しも見逃してくれないんですよねぇ」

「そうそう。柳原さん、重箱の隅をつつくのが大好きだもんな」

重箱の隅って……。その通りだと思ってつい噴き出してしまったが、一方で後継者争いが本格化していると知り、ピリッと気持ちが引き締まった。

賢太さん、グループのトップ就任に興味はないのかな。特にそれについてはなにも言わないけれど、口に出さないだけなのか、それとも最初からあきらめているのか。

誠さんのあの態度を見ていたら、後者な気もする。もう柳原家にあまりかかわりたくないのかもしれない。

どちらにせよ、私は賢太さんの妻として彼の味方でい続けようと決意した。


十六時過ぎに「有馬」と賢太さんに呼ばれて席を立った。

「なんでしょう」

彼のデスクの前まで行き尋ねると、いきなり手を差し出されて戸惑ってしまう。

「よくやった。フィエルテに決定したそうだ」

「あ……」

大学の件だ。うちが請け負えたんだ。

彼の手をがっしり握ると同時に、目頭が熱くなり視界が滲(にじ)んでくる。

新店舗が大成功しても、これほど想いがこみ上げてきたことはなかったのに。今回は商品開発から携(たずさ)わったからか、感極まってしまった。

「ありがとうございます」

なんとか泣くのはこらえて声を振り絞ると、珍しく口元を緩めた賢太さんがうなずいた。

「有馬が新しいラ・フィエルテの扉を開いたんだ。自信持て」

「はい」

雷を落とされてばかりの怖い部長から最高の褒め言葉をもらえて、我慢できずに一粒だけ涙がこぼれてしまった。

「柳原さん。もしかしてうちですか？」

経理部に行っていた西村さんが早足でやってきて尋ねる。

「ああ。満場一致ですんなり決まったと、今電話が入った。西村、これからは有馬と二人三脚で頼むぞ」

「もちろんです」

このあと、私はカフェバーの企画に移らなくてはならない。商品開発部の部長の希望によりジュースの開発にはかかわらせてもらうし、オープンまでにまだまだ練らなければならないことがたくさんあるのだけれど、その後の具体的な運営は西村さんと二課の担当者にバトンタッチだ。

「ただし」

賢太さんが私をじっと見て険しい顔で口を開くので、背筋が伸びる。

「ネーミングセンスがまったくない。練り直し」

それぞれのジュースの名前の候補を提出してあったのだが、全部却下らしい。

席に戻ると、西村さんが口を開く。

「天国と地獄を味わったな」

「今日くらい天国にいたかったー。簡単に言うと〝ダサイ〟ってことですよね」

「難しく言ってもそうだな」

西村さんまで！

「うーん。困ったな」

私はプレゼンの成功の喜びをかみしめながら、新たな名前を考え始めた。


その日、浮かれた気分のまま十八時過ぎに会社を出ると、賢太さんからメッセージが入った。

【電車乗った？】

あまりメッセージが好きではなさそうな彼からは、毎回必要最低限の短い文章が送られてくる。

【駅に着いたところです】

【南口のロータリーで待ってて】

帰りのタイミングが合ったから、車で拾ってくれるのかな？

いつも具体的な説明はないまま指示がくるので、勝手に想像する。プロポーズ直後も連絡がなくて不安だったけど、もともと言葉が少ない人なのだろう。

指定されたロータリーに向かうと、突風にスカートを煽られてしまい、慌てて押さえた。

「危なかった」

胸を撫で下ろして再び足を進めだしたが、すぐに立ち止まる羽目になる。

少し離れたところに、見覚えのある男性がいたのだ。

「雄司……」

別れて以来、彼と顔を合わせたのは初めてで動揺が走る。彼の勤める会社もこの駅の近くだった。

「久しぶりだな、早緒莉」

前髪が伸び、心なしか痩せたように見える彼は、私の目の前まで歩いてきて口を開く。もう話すことなどないのだから、黙って通り過ぎてくれればよかったのに。

「あの男とは結婚したのか？　あれからよくよく考えたんだけど、結婚って嘘だろ。アイツが社長になるってのも」

もし嘘だったとしても、もう関係ないでしょう？　それとも、浮気をされて強がっただけだと思いたいの？

「結婚したよ。彼がもうすぐ社長になるのも本当」

ＹＢＦコーポレーションの社長のイスがどうなるのか知る由もないけれど、フィエルテのトップには間違いなく彼が立つだろう。

「じゃあ、お前は金に目がくらんだってやつか」

「は？」

お金？

たしかに自分では到底買えない立派なマンションに住まわせてもらっているし、生活に必要なお金はすべて賢太さんが出してくれる。でも、そうでなくても賢太さんのプロポーズを受けていたと思う。

「どうやってあの男をだましたんだ？　俺にもそのテクニック伝授してくれよ」

彼は皮肉めいた言い方をして、あははと下品に笑う。

そんなのひどい。冗談だったとしても許せない。

あなたこそ私のお金をあてにしていたでしょう？　それに、あなたが浮気をしたのよ！

「――テクニックか。知りたいなら俺が教えてやろう。早緒莉は俺と誠実に向き合ってくれただけだ」

突然背後から低い声がして目を丸くした。

賢太さんだ。彼は私の隣に並び、腰を抱いてくる。

「お前に彼女の価値は永遠にわからないだろうね。早緒莉に金をせびっておいて、よく言うな」

余裕の顔をした賢太さんは鼻で笑う。

雄司は一瞬たじろぐ様子を見せたけれど、すぐにぎらぎらした目で賢太さんをにらみつけた。

「それじゃあ、あんたはなにをたくらんでるんだ。社長に就任するほどの人が、こんなどこにでもいる平凡な社員を嫁にしたからには、裏があるんだろ？」

負けじとつっかかってくる雄司の言葉に、緊張が走る。

『随分適当なの捕まえたんだね。時間がないから仕方ないか』

そう弟の誠さんから言われた言葉が、頭の中に鮮明によみがえったのだ。

まさか。たくらみなんてあるわけがない。たしかに賢太さんは次期社長候補ではあるけれど、もともと彼と私は上司と部下という関係だ。仕事をともにするうちに賢太さんは私を女として見てくれるようになったのだ。

よくあるオフィスラブでしょ？

自分に必死に言い聞かせてしまうのは、結婚してから時折賢太さんを遠くに感じているから。そんなはずはないと否定しつつも、不安に襲われて頭が真っ白になる。

「たくらみ？　俺は早緒莉を愛しているだけだ。これからも一生、彼女だけを愛する」

賢太さんの強い言葉に胸が熱くなる。私を裏切った雄司に惑（まど）わされて彼を疑うなんてバカだ。

「口ではなんとでも言える」

雄司はさらに挑発してくるが、賢太さんはふっと笑った。

「かわいそうな人だ」

「なんだと！」

「早緒莉を失ってから、彼女の魅力に気づいて焦ったんだろう？　彼女のまっすぐな生き方は、周りの人間を幸せにする。すさんだ気持ちから救い上げてくれる。俺は早緒莉と一緒に未来を歩けるのを光栄に思っているよ。お前にその権利はもうない」

きっぱり言いきる賢太さんは、私を見て微笑んだ。

「俺に未練があるみたいな言い方をするんだな」

「ないのか？　俺たちの結婚が嘘だと信じたかったが本当に結婚してると知って、悔しくて罵（ののし）った。

違うか？」

雄司は、視線をそらすだけでなにも言わない。

「悪いが、俺はお前とは違う。金も地位もそこそこある。だが、一番違うのは早緒莉への強い気持ちだ。他の女のことを考える暇がないほど、彼女のことだけを考えている」

賢太さんのひと言ひと言が私を幸せにしてくれる。雄司の前なので大げさに言っているだけかもしれない。でも、すごくうれしい。

「早緒莉が大切なら、なぜ裏切った。いまさら後悔しても遅い。俺たちの間にお前が入る隙などない。もう一度早緒莉に近づいたら、社会からお前を抹殺する」

賢太さんの目が鋭い。

社会から抹殺だなんて、背中がぞくっとする。けれど、彼ほどの人ならそれも可能だろう。

雄司に視線を移すと、唇を噛みしめて青ざめていた。しかし、すぐに不機嫌を全開にしたような顔になり、私に向かって口を開く。

「早緒莉。本当にコイツを信じていいのか、よく考えたほうがいい。うまい話には裏があるものだ。それじゃ」

あまりに失礼な言葉を残し、雄司は去っていった。

「ごめんなさい」

賢太さんに頭を下げると「早緒莉が謝る必要はない」と両肩に手を置いて、頭を上げるよう促される。

「でも、こんな失礼……」

まるで賢太さんが腹黒みたいな言い方だった。電撃結婚だったのは間違いないが、裏があるなんていくらなんでも失礼だ。

「もう気にするな。今日は契約が取れたお祝いに食事に行こう。なにが食べたい？」

賢太さんの声が明るくて救われる。

「それじゃあ……」

気持ちを切り替えて賢太さんの顔を見上げると、なぜか彼が目をそらしたので、心臓がコトンと小さな音を立てる。

なに？　やっぱり内心、腹を立ててる？

「賢太、さん。本当にごめんな――」

「だから謝るな。イタリアンはどうだ？」

「……もちろんいいです」

「了解。行こうか」

彼は私の手をしっかり握って、近くに駐車してあった車へと歩きだす。

本当に怒ってない？　いや、あんな暴言を吐かれたのだから、腹を立てるのは当然だ。でも、大人な彼はその怒りを私にぶつけても仕方がないと思い、胸にしまってくれたのだろう。

私は賢太さんの心遣いに感謝して、彼の手をしっかり握り返した。

衝撃の耳打ち

大学内のカフェは、順調に準備が進んでいる。

商品開発部に足を向けるたび〝また来た〟という顔をされることにも慣れてきた。

「似たもの夫婦だよね。ほんとしつこい」

石井部長は毒を吐きながらも笑顔だ。

「すみません。でも私、あそこまで鬼じゃないんで」

「はははは。そうそう、鬼部長。でもいい男捕まえたよ。あの人は、後継ぎとかそういうことを抜いても優良株だ」

部長が賢太さんを褒めるのがくすぐったい。

「ずっとフィエルテで活躍してもらいたいけどね。親会社に行くのかい？」

「それは私も知りません」

「そうか。ま、兄弟も優秀らしいからどうなることやら。ほら、新しい試作品はこっち」

奥の部屋に促され、部長と一緒に向かう。

賢太さんはその件についてなにも語らない。ＹＢＦコーポレーションのトップに立ちたいという野望があるのに、婚外子という事実が足かせになっているのだとしたら、とてもデリケートな問題だ。だから私から尋ねることもできないでいる。

「わー、色もきれい」

今、試作しているのは、みずみずしくて甘みの強い〝黄金桃〟を用いた野菜ジュースだ。その名の通り、黄金色をしたジュースに仕上がっていた。

「有馬さん提案のレシピは今回も却下ね。旦那は味覚が鋭いのに、有馬さんは鈍(にぶ)いみたいだね」

部長はおかしそうに口元を緩める。

「あはっ。すみません……」

どうやら私の提案は、またしても闇に葬(ほうむ)られたようだ。やっぱり賢太さんには敵(かな)わない。

「だけど、有馬さんみたいな人が柳原さんの奥さんでよかったよ」

「どうしてですか?」

「柳原さん、できる人なんだけど、いつも難しい顔してたんだよね。でも最近は笑うこともあるし。有馬さんの元気が移ってるんじゃないかなぁ」

そうだとしたらうれしい。

雄司が言っていたように、私はなにも持っていない平凡な会社員だ。賢太さんみたいな完璧な夫にしてあげられることなんてそうそうない。元気くらい、いくらでも分けてあげたいと思った。

その日の夜。夕食のチキンソテーを口に運ぼうとすると、賢太さんが話しだした。

「帰りがけに石井部長から内線が入った」

「えっ、なんて？」

「嫁は元気だなって」

「は……？」

わざわざそれを？

「いろんなところで愛想を振りまかなくていいぞ」

彼はなぜか少し不機嫌な様子で言う。

「愛想だなんてとんでもない！」

「お前は俺にだけ笑ってればいいんだ」

もしかして、父みたいな年齢の部長相手に嫉妬をしているのだろうか。まさかよねぇ……。

「そうはいっても、夫婦そろって不愛想なのも……」

「誰が不愛想だって？」

しまった。口が滑った。

眉尻を上げた賢太さんの目力がすごくて、視線をそらして顔を伏せる。

「いえ……。クールの間違いでした」

まずい。怒った？

彼がなにも言わないので緊張してくる。おそるおそる顔を上げていくと、なんと口に手をあてて肩を震わせていた。

あれっ、笑ってる？

「お前は本当に面白いやつだ」

「もう！　ドキドキしたのに」

怒ったふりをするなんて！

でも、会社では見られない彼の姿に、心が和む。

「黄金桃のジュース、コストがかさみすぎるから他のレシピも試してくれるそうだ。モニター調査は待ってくれと」

なんだ。結局、仕事の話になってしまった。

「わかりました。こちらとしてもありがたいです」

「――お前は隙が多い。俺の目の届かないところで笑顔を振りまくな」

彼は小さなため息をつく。やっぱり嫉妬してる？

「でも、夫婦そろって不愛想なのも」

「話を戻すな」

賢太さんが白い歯を見せるのがうれしい。石井部長の言うとおり、笑顔が増えているかもしれない。

「それと」

ひとしきり笑ったあと真剣な表情になる賢太さんを見て、姿勢を正す。

「来週末、父さんの誕生日の祝いを柳原家でするんだ。家族だけでなく、取引先の重役も出席する。俺は時々しか行かないんだが、結婚したんだから早緒莉を連れてきて挨拶をしろと」

「もちろん行きます。プレゼントを用意しなくちゃ。なにがいいでしょう？」

　私がすぐに返すと、彼はきょとんとしている。

「どうかしました？」

「どうかしたって……。誠にあんなことを言われたのに」

　ああ、そうか。結婚の挨拶に行ったときに浴びせられた嫌みを、賢太さんは気にしているんだ。

「私は平気です。賢太さん、御曹司なんですよ。私、生涯でそんな人と出会うことなんてないと思ってたのに、上司で、おまけに旦那さまになったなんて、夢物語なんです。私、シンデレラですよ？」

　いわば、どこの馬の骨ともわからぬ女を嫁にするなんて、という状態のはずだ。文句のひとつも出るだろう。けれども賢太さんは、私を最高の結婚相手だと言いきってくれた。

　行きたいか行きたくないかで言えば、行きたくはない。でも、賢太さんの妻として必要とされるならば、なんでもするつもりだ。

「早緒莉、すまない」

　苦々しい顔で謝る賢太さんだけど、彼に落ち度などない。

「なに謝ってるんですか？　あっ、思い出した！　今日ヒールの底のゴムが取れてしまったんです。もうボロボロだし、新しい靴を買いに行きたいから、買い物に付き合ってください」

　私が誠さんに嫌みを言われたのは一度だけ。けれども、賢太さんはもしかしたらずっとそうした言葉を投げつけられながら生きていたのかもしれない。つらいのは私ではなく、彼だ。

「何足でも買ってやる。ガラスの靴にするか？　シンデレラ」

自分でシンデレラと言い出したのに、彼に微笑まれると照れくさくてたまらない。

「ガラスじゃ一日で割っちゃいますよ、私」

「その光景が目に浮かぶ」

「そこは、〝そんなことはないよ〟とフォローすべきところです！」

抗議すると、彼は口の端を上げる。

よかった。元気が戻った。

「嘘は言えない質なんだ」

「えー」

ああ、ずっとこうやってふたりで笑っていられたらいいのに。

でも、少なくともフィエルテの次期社長候補なのだから、柳原家と距離を置いて暮らすのは無理なのだろう。せめて妻の私が彼の癒しになれるといいな。


その夜、彼は私を抱いた。

深いキスから始まり、熱い唇が首筋を伝って徐々に下りていく。

「はーぁっ」

胸のふくらみを少し強めに握られると、彼の指の形に変形したそれは次第に感度を増していった。

中央の尖りに彼の息がかかるだけでゾクッと震える。その次を期待してしまうのだ。彼に教え込まれた快楽が体に染みついているのかもしれない。

硬くした舌先で先端をつつかれ、たくましい彼の腕を強く握る。それを合図にパクリと口に含んだ彼は、舌を巻きつけ、優しく吸った。

同時に脇腹にすーっと指を滑らせ、大切なものを愛しむように私の全身を優しく撫でる。何度も指で、そして手のひらでさすられるうちに皮膚が敏感になり、体が火照りだす。

次は……ズボンを脱がされて太ももに触れられる。私のショーツが淫らな露で濡れるのを待つかのように、手を何度も行き来させて焦らしてくるはずだ。

――私……次も、そしてその次も、どうされるか知っている。

秘裂の奥に隠れる花芯をむき出しにして、指で捏ね、そして舌でもてあそぶ。秘窟から滴る蜜をジュルジュルと音を立てて吸い、足りないと言わんばかりに舌を差し込んでくる。そして抗えないほどとろとろに体が溶かされた頃、彼は怒張した肉茎に避妊具をつけて、膣壁を押し開くように深く侵入してくるのだ。

賢太さんはイジワルな言葉で私を翻弄するし、ときには激しく攻め立ててくるが、無理やり私を犯すようなことはないし、全身を隅々まで愛してくれる。強く抱き合い彼が果てたあとは幸福な気持ちで満たされ、彼の妻になれてよかったと感じる。

けれど、食われると思うほどの強い衝動を感じない。どうすれば私が絶頂に達するのかを知っている賢太さんが、そこに至るまで淡々と手順を踏んで行為を進めているような気がするのだ。

「早緒莉、どうかした？」

「えっ、なんでもないです」

行為に集中できていなかったからか、彼に怪訝な視線を向けられる。

「気持ちよくない？」

「ううん。すごく気持ちいい。……賢太さんは？」

もしかして私を絶頂に導くのに一生懸命で、彼は満たされていないのではないだろうか。だから、なりふり構わず強く求められている感じがしないのかもしれない。

「決まってるだろ」

彼は言葉を濁すが、はっきり聞きたい。私は彼の首に手を伸ばして引き寄せた。

「今日はやけに甘えるんだな」

「……うん」

「お前に甘えられるとそれだけでイキそうになるくらい、気持ちいいよ」

本当に？

少しホッとしたけれど、本心かどうかはわからない。結局私は、不安を拭いきれなかった。


お父さまの誕生日パーティのために、賢太さんがダスティピンクのひざ丈ワンピースを買ってくれた。ガラスの靴とはいかないが、それに合わせたパンプスも準備してもらい至れり尽くせりだ。

散々迷ったプレゼントは、お父さまが好きだという赤ワインにした。

タクシーで柳原邸に到着すると、スーツ姿の来賓が見えて緊張が高まってくる。

「早緒莉。俺のそばにいればいいから。挨拶だけして早めに切り上げよう」

私の顔がこわばっているのに気づいたのだろう、賢太さんが気を使ってくれる。

私たちがタクシーから降りて玄関に向かう間にも別のタクシーが到着して、眼鏡をかけた白髪交じりの紳士が降りてきた。

「賢太くんじゃないか。久しぶりだね」

「お久しぶりです。永田さん。本日は父のためにご足労いただき、ありがとうございます」

どうやら知り合いだったらしく、ふたりは握手を交わしている。

「そろそろだって？」

「はい、そうですね」

そろそろって、ＹＢＦコーポレーションの後継ぎ決定の件だろうか。賢太さんからはなにも聞いていないので、彼はそのレースに参戦していないのではないかと思っているのだけれど。

「最近結婚しまして。妻の早緒莉です」

「はじめまして。主人がお世話になっております」

こんなふうに紹介されたのが初めてだったので、勢いよく頭を下げてしまった。

ああ、もっと上品に微笑んで軽く会釈するのが正解だったかも。せっかく落ち着いた雰囲気のワンピースまで用意してもらったのに、中身が伴わないなんて残念だ。

「元気な奥さんだね。永田です。どうぞよろしく」

永田さんは私にも握手を求めてから去っていった。彼は『元気な』とよい言い方をしてはくれたが、間違いなく落ち着きがないとか、品位が足りないというような意味のはずだ。

「ごめんなさい」

「なにが？」

「私、テンパってしまって」

謝ると、賢太さんは身をかがめて私の耳元に口を寄せる。

「主人って言われたの、初めてだな」

「あ……」

「しびれたよ」

しびれた？

目をぱちくりさせていると、「さあ、行こうか」と彼は私の背中に手をあてて促した。

手入れされた庭を進み、永田さんを追いかけるようにして玄関に向かう。

玄関の手前で、賢太さんより少し背が低いがスレンダーで、大人の雰囲気が漂う男性が永田さんと談笑していた。

「彼が兄の学」

あの人がお兄さんなのか……。そういえば、口元が誠さんに似ている。

学さんのうしろには、髪を夜会巻に整え、ホライズンブルーのロングドレスを纏った女性が立ち、花を添えるかのように上品な笑みをたたえていた。彼女はおそらく奥さまだ。

「柳原物産にはいつもお世話になっているよ」

「こちらこそ。私の部下がいつも永田さんの話をするんですよ。お優しい方だと」

「いやぁ、光栄だね。これからも頼むよ、学くん」

永田さんは上機嫌で家の中に入っていった。

永田さんのうしろ姿に夫婦そろって頭を下げた学さんは、振り向いて賢太さんに視線を送る。少し眉尻が上がったのは気のせいだろうか。

「遅いじゃないか。俺たちはホスト側なんだから来賓を出迎えないと」

いきなりの叱責にピリッと緊張が走った。

「申し訳ありません。誠から十八時開始なので十七時に来て出迎えに立つようにと連絡が入りましたので」

今は十六時二十五分。早めに来たのに叱られるのは理不尽だ。

「開始は十七時だ。誠はとっくに来ていて、中のセッティングを手伝っているぞ」

手違いなの？　それとも、わざと違う時間を教えられた？

以前、誠さんに挨拶をしたときの冷たい態度を思い出し、疑ってしまう。

「そうでしたか。それは失礼しました。妻の早緒莉です」

賢太さんは怒りもせず、苦言をさらりと流して私を紹介してくれる。すると学さんは、私をチラリと見て鼻で笑った。

「誠から聞いているよ。へぇ、この人が」

誠さんからなにを聞いたのだろう。ただの平凡な部下だと？

「早緒莉です。はじめまして」

今度は粗相をしないようにと緊張しながら、お腹の前で両手を合わせて丁寧に腰を折った。

「どうも、長男の学です。妻の理恵」

理恵さんは笑顔でゆっくりと頭を下げる。

彼女の優雅な挨拶を見て、にわか仕込みの私は恥ずかしくなった。


賢太さんのうしろで到着する招待客にひたすら頭を下げ続けたあと、広い洋室に案内された。

その部屋には丸テーブルがいくつも用意されていて、二十名ほどの招待客が着席している。今日のために呼んだのか、シェフ帽をかぶった男性とウエイター数人が料理を並べていた。

学さん夫婦と誠さん夫婦が端のテーブルに着き、私たちも続く。その直後にお父さまと浅紫色の上質な紬を纏う小柄な女性が入ってきた。鼻筋が通った美しい人だが、どこか気の強さを感じさせる。

あの人が、賢太さんの義理のお母さまなんだ。お父さまの一歩うしろを歩く姿に奥ゆかしさが見て取れる。しかし私と目が合った瞬間、眼光を鋭くしてすぐに視線をそらした。

「本日は私のためにお集まりいただきありがとうございました。この歳になっても祝ってもらえるのはうれしいものです。無礼講ということでお楽しみください」

お父さまが挨拶をすると、学さんが立ち上がりシャンパンの注がれたグラスを持って乾杯の音頭をとった。

その後、次々と招待客がお父さまのところに集まりだす。

その様子をじっと見ていると、隣の賢太さんが小声で話しかけてくる。

「今日来ているのは取引会社の重役たちだ。皆ごますりをするために参加している」

「そうでしたか」

これは単なる誕生日会ではなく、ビジネスの一環なのか。

「早緒莉さんは、いつ会社を辞めるんですか？」

唐突に左隣の誠さんに、薄ら笑いとともに訊かれ、返事に困る。仕事を辞めるなんて考えたこともなかった。

「辞めさせるつもりはない」

私の代わりに答えた賢太さんは、凛々しい眉をひそめて怒りを示す。

「それは驚きだ。トップの妻が同じ部署にいたら、社員はやりにくいだろうね。あの人たちみたいに、ずっとごまをする生活を強いられるんだし」

誠さんは招待客たちに冷めた視線を送りながら言う。

西村さんをはじめとする一課の人たちは、私たちが結婚する前から一緒に働いているからか、なんら変わりなく話しかけてくれるし、会議では遠慮なしに厳しい意見も向けられる。でもたしかに、新しい人たちが入ってきたら、そうはならないのかもしれない。

「俺の部下はそんなバカじゃない。早緒莉はフィエルテの今後にかかわる大切な仕事に携わっているし、能力もある。現に、最近大きな契約を取ってきた。そんな社員を辞めさせる上司は無能だと思うが」

　賢太さんは誠さんの意見をぶった切り、涼しい顔でシャンパンを口に含む。

　雷を落とされてばかりなのに、まさかそんなふうに言ってもらえるとは。いや、誠さんから私をかばうためにそう話しただけか。

「早緒莉さんが社員として有能でも、トップの妻としての資質があるかどうかは疑問だけどね。周りがどう見るかは別だし」

「早緒莉は――」

　賢太さんは言い返してくれようとしたが、私は彼の手を握って制した。誠さんがわざと賢太さんを怒らせているような気がしたからだ。

「そうですね。精進します」

　私がそう答えると、誠さんはあきれた様子で肩をすくめて、食事に戻った。

　兄弟なのにこれほど仲が悪いのは残念だ。やはり、賢太さんが婚外子だというのが大きいのだろうか。賢太さんが悪いわけではないのに。

　招待客の挨拶のあと、学さんと理恵さんから順にお父さまのところに向かう。学さん夫婦も誠さん夫婦も終始笑顔で話が弾んでいるようだ。

「早緒莉、行こうか」

「はい」

　フォアグラのポワレが出てきた頃、私たちも立ち上がった。

お父さまの隣に歩み寄り、口角を上げる。

「本日はおめでとうございます」

賢太さんが丁寧な言葉遣いで祝福を表すのを不思議な気持ちで見ていた。実の父にそんな挨拶をしたことがないからだ。「お誕生日おめでとう！」とテンション高めに言うくらいが普通ではないだろうか。

これが上流階級のたしなみなのか、婚外子の賢太さんが特別なのかはわからない。でも、お父さまとは血がつながっているのだし、あまりに他人行儀すぎる気がした。

「ありがとう」

「お誕生日おめでとうございます」

私も賢太さんに続き腰を折る。するとお父さまは「ありがとう」と機械のように繰り返した。横のお義母さまは興味がなさそうにフォアグラを口に運ぶ。

学さんや誠さんとは会話が弾んでいたように見えたが、私たちは通り一遍の挨拶だけで席に戻る。

賢太さんの柳原家での扱いが垣間見えて、胸が痛い。小学生の頃に引き取られたと聞いているが、それからずっとこんな調子だったのだとしたら、とんでもなくつらかっただろう。

「随分早かったな」

理恵さんを挟んで賢太さんの右側に座っている学さんに指摘され、「そうですね」と賢太さんが答える。これも嫌みなのかもしれないと思ったら、賢太さんを引っ張って今すぐ屋敷を飛び出したい気持ちになった。

それからは大した会話もないままデザートの盛り合わせまでいただいたが、豪華な食事だったのに砂を噛むように味気がなかった。

しかも最後のコーヒーはフィエルテのものではなく、なんとなく疎外感を感じる。

わけもわからずついてきた私でもこんなに胸がざわつくのに、賢太さんはどう感じているんだろう。平然として食事を進めているように見えるけれど、心配でたまらなかった。

食器がすべて下げられたあとは、アルコールなどの飲み物だけが提供された。皆立ち上がって席を離れ、歓談を続ける。

「早緒莉。帰ろうか」

「はい」

ようやくこのピリピリした場所から逃れられると思った瞬間、五十代だろうか、銀縁眼鏡の男性が「賢太くん」と声をかけてきた。

「お久しぶりです」

「久しぶりだね。今日は息子を連れてきていてね……」

笑顔で対応する賢太さんは、「少し待ってて」と私を部屋の隅に残して男性とともに離れていった。

「早緒莉さん、でしたよね」

「はい」

賢太さんがいなくなるとすぐに学さんが近寄ってきたので、身構える。私が賢太さんから離れるのを見計らっていたのだろうか。

「あなた、わかっていて賢太と結婚したんですか？」

「わかっていて、と言いますと？」

なに？

緊張しながら次の言葉を待つ。

「ＹＢＦコーポレーションのトップに就任するには、社会的に認められる必要があります。そのため父は妻を持つことを条件に出しました。安定した家庭があってこそ、男は仕事に邁進できる。こうした会に呼ばれるときも妻同伴を指定されるのもしばしばですし」

「え……」

社長になるには、結婚していることが条件なの？

「ですから、あなたが仕事を辞めないのにはいささか驚きましたよ」

彼は冷たい笑みをこぼす。驚いたというよりはあきれているという感じに見える。

「適当すぎる人選で笑いましたけどね。結婚相手が必要になったときに、たまたま目の前にいたんでしょうね、あなたが」

蔑みの眼差しを私に向ける学さんの言葉が胸に突き刺さり、血の気が引いていくのが自分でもわかった。

「さすがにもう少しまともな女性を選べばよかったのに。柳原家の名誉にかかわる。おっと、失礼」

彼は失言を詫びるが、悪いと微塵も思っていないのが伝わってくる。柳原家に恥をかかせるなと言っているのだ。

私はそれをただ黙って聞いていた。

結婚相手は、誰でもよかった……？　それじゃあ、相手を探していた賢太さんが、たまたま雄司に浮気をされて泣いていた私を見て、だませると踏んだの？　家でも仕事の話ばかりで上司と部下という構図が崩れないのも、セックスが淡々と進められるだけだと感じるのも、全部そのせい？

『抱いた責任はとる』と言った彼だけど、裏切られて弱り果て、酔った私と既成事実を作って結婚に持ち込もうとしたの？

いや違う。帰ろうとした彼を引き止めたのは私だ。でも、私が引き止めることまで計算ずくだったとしたら？

全身に鳥肌が立ち、息が苦しくなる。

好きだと言ってくれたのに、あれは嘘？

「あなたも随分バカにされたものだ。さっさと見限ったほうがあなたのためですよ。どうせ賢太はＹＢＦコーポレーションの社長にはなれない。あなたには、出世のためにだまされてホイホイ結婚した浅はかな女というレッテルが一生貼られ続けるんです。それでいいですか？」

私を心配しているような口ぶりの学さんだが、内心大笑いしているに違いない。

それがわかっていても、ただ唇を噛みしめて屈辱的な発言に耐えるしかなかった。

そんな。賢太さんはそんな人じゃない。

何度も頭の中で否定した。しかし……雄司の『本当にコイツを信じていいのか、よく考えたほうがいい。うまい話には裏があるものだ』という言葉を思い出し、動揺のあまり視線が定まらなくなる。

あのときは、失礼な雄司に激しい怒りを抱いたけれど、まさか彼の言うとおりだったの？

あのあと、まるでうしろめたいことがあるかのように、賢太さんは私から目をそらした。その光景までもがよみがえり、絶望の谷底に突き落とされる。

賢太さんが私をだましただなんて信じたくない。でも、学さんの話に違和感が見当たらず……考えがまとまらなくなった。

「気をつけたほうがいい。アイツはそういう男だ。他人のものを妬み、汚い手を使って奪おうとする。あなたが賢太の罠にかかったのはお気の毒ですが、今なら引き返せますよ。妻の次は跡取りでしょう。アイツはそのうちあなたとの間に子をつくりたがるはず。子供ができてからでは別れづらくなるでしょう？」

学さんがあざ笑いながら話す。

私は、賢太さんがＹＢＦコーポレーションのトップに立つための、ただの道具？　私の前で兄弟間でのトップ争いについて一度も言及しないのは、私をだましているから？

考えれば考えるほど学さんの発言がしっくりきて、心がズタズタに引き裂かれていく。そこから滴る血が見えそうなくらいに。

バスルームで一度、避妊をせずに体を交えたけれど、その後生理が来て、少し残念に思っていた。

でも、この話が本当ならば、妊娠しなくてよかったのだ。

「それでは」

学さんは賢太さんがこちらに戻ってくるのを見て、私から離れていった。

「早緒莉。なにか言われたのか？」

きっと真っ青な顔をしていたのだろう。賢太さんは心配そうに眉をひそめる。

「……いえ」

「ごめん。帰ろう」

彼は私の腕を取ったが、それを振り払いたいと思ってしまった。

どうして……。雄司に裏切られて傷ついた私を助けてくれたんじゃないの？　あなたはボロボロになった私の心の隙間に入り込んで、自分の野心を達成しようとしたの？

もう、嫌だ。男に振り回される自分がみじめでたまらない。

私、二度も続けて裏切られたの？

賢太さんへの怒りももちろんあるが、自分の情けなさにあきれる。

何台か呼ばれてあったタクシーのうちの一台に乗り込むと、賢太さんは「早緒莉」と名を呼び、私の顔を覗き込む。

「なにがあった？　兄になにか言われたのか？」

「なにも。緊張していたので疲れてしまっただけです」

今問いただしたら、涙を止められない自信がある。運転手もいるこの狭い空間で取り乱したくない。

「そうか。連れてきてごめん。早く家に帰ってゆっくりしよう」

その心配も、私をつなぎとめておくため？

一度疑いだしたら止まらなくなってしまい、それからは黙って窓の外を眺めていた。

マンションに帰るとすぐに、賢太さんに買ってもらったワンピースを脱ぎ、もともと持っていた洋服に着替える。今は賢太さんに与えられたものを身に着けるのも嫌なほど、気持ちがすさんでいた。

外出したあとは、賢太さんが淹れてくれるブレンドをふたりで飲んでゆっくりするのが習慣になっていたけれど、今日は彼の顔を見ていたくない。

寝室に向かい、眠くもないのに布団を頭から被った。

消えてしまいたい。

続けざまに二度も裏切られ、しかもだまされていることすら気づかず幸せだと思っていたなんて。賢太さんの妻としてどう振る舞えばいいのかを必死に考えていたのがバカみたいだ。

彼は疑いもしない私を見て、ずっと笑っていたのだろうか。悔しすぎる。

「早緒莉」

布団の中で涙をこぼしていると、ドアが開く音がして賢太さんが入ってきた。慌てて涙を拭ったものの、顔は出したくない。

「調子悪い？」

「大丈夫」

調子は最悪だ。主に心の。けれども、虚勢を張る。

「顔見せて」

どの口が言っているの？　私はあなたの顔なんて見たくないの！

私はなにも答えず、布団に潜(もぐ)ったままだった。すると彼は布団の中に手を差し込んできて、私の額(ひたい)に触れる。

「熱はないな。頭痛か？　それとも腹？」

「大丈夫。ひとりにして」

どうして、私をだましたの？　こうやって少し触れられるだけでもうれしかったのに。

家に帰ってきても仕事の話ばかりで寂しいとは感じていた。でも、管理職として日々忙しくしている彼は、一分一秒でも無駄にできないのだと自分を納得させてきた。

それに、家庭環境が複雑だった彼が、家族で交わす会話というものに慣れていないのではないかと心配していた。だから、私がこれから家庭の温(ぬく)もりを教えてあげられればと意気込んでいたのに。

どれも私の都合のいい思い込みだったなんて。

彼は、私と夫婦としてうまくやっていく気などなかったのだろう。夫婦仲がいいとか家に帰るのが楽しみだとか、そんなことは微塵(みじん)も望んでおらず、形だけの妻がいればよかったのだ。

「……わかった。早緒莉。兄がなにか気に障ることを言ったのなら――」

「違います！」

自分でも驚くような大きな声が出てしまい、ハッと手で口を押さえた。

学さんは現実を教えてくれただけ。あなたのひどい裏切りを。

「……うん。なにかあったらすぐに呼んで。早緒莉のスマホ、ここに置いておく」

彼はそう言って部屋を出ていった。

「そんなに大事？」

思わず声が漏れる。

ＹＢＦコーポレーションの社長のイスに、大きな価値があるのはわかる。でも、好きでもない女と結婚までして、一生を捧げるほど？

ダメだ。賢太さんを信じたいのに、不安に感じていた彼の行動が、学さんの話ですべて説明できてしまう。

セックスが淡々としていると感じたのもそうだ。きっと私なんて抱きたくなかったのだ。初めてのときやバスルームで激しく抱かれたときは、たまたまそういう気分だったのだろう。性欲のはけ口にちょうどよかっただけなんだ。

結婚してから違和感があったのは、パズルの台紙が間違っていたからに違いない。愛という台紙にうまくはまらなかったピースが、学さんに教えられた野心という台紙に、ピタッときれいに収まっていく。

私は賢太さんと作る幸せな家庭と未来だけを見ていたのに、彼の視線は社長のイスに向いていたのだ。

　バカにしないで！

　そりゃあ、結婚を意識していた雄司にはあっさり浮気され、おまけに金づるにされていたことに気づかず、メッセージの返信をずっと待っていたなんて、私はかなりおめでたい人間だ。しかし、親会社の社長に就任するための踏み台になるつもりはない。

　拭っても拭ってもあふれてくる涙が、白いシーツを濡らす。

　どうすればいい？　このまま素知らぬ顔で賢太さんの妻でい続けるなんて無理だ。私はそんなに器用じゃない。

　泣きすぎたのか、頭が割れるように痛くなってきた。

　決着をつけよう。一生だまされたまま生きていくのは嫌だ。私は賢太さんが自由に扱える物じゃない。

　そう決意したけれど、激しくなる頭痛と胸の痛みで動くこともままならず、私は意識を手放した。

欲しいのはお前だけ　Ｓｉｄｅ賢太

父の誕生日を祝うために柳原の家に行ったあと、早緒莉の様子がおかしくなった。帰ってくるなり寝室の布団に潜り込み、翌朝まで顔すら見せてくれなかったのだ。

体調が悪いのかと夜中に何度も額に触れてみたが熱はなく、しかし悪い夢でも見ているのか、時折あげる唸り声が痛々しかった。

そんな早緒莉を抱きしめて眠っていたはずなのに、目覚めると彼女の姿はなく、【先に行きます】というメモだけがリビングに残されていた。

結婚してから、出張のとき以外、毎朝一緒に通勤していたのにどうしたのだろう。

柳原の家で兄の学となにやら話していたが、そのとき嫌みを言われたのかもしれない。

そもそも自分ひとりでも気がのらないのに、早緒莉をあの家に連れていくべきではなかった。妻のお披露目をしろという父の強い要求に応えてのことだったが、彼女に向けられるのは好奇の眼差しばかり。

代々、柳原家は家柄のいい令嬢とばかり婚姻を結んできた。大手ゼネコンの社長令嬢を妻に迎えた父もそうだし、兄も弟もそういう人を選んでいる。ただ、俺の実母を除いては――

早緒莉をなんとしても守らなければならなかったのに、ほんのわずかな時間ではあったが離れたために、彼女が傷つく羽目になった。いや、離れた俺が悪い。

今日起きたら早緒莉ときちんと話をするつもりだったのに、あっさり逃げられてしまった。このまま彼女を放っておくことなどできない。俺は、すぐに着替えて会社に向かった。


部署に足を踏み入れても早緒莉の姿はない。

「どこに行ったんだ……」

妙な胸騒ぎを感じて捜しにいこうと廊下に出ると、西村がこちらに歩いてくるのが見えた。

「柳原さん、おはようございます」

「おはよう」

「さっき、有馬からメッセージが入って、取引先に顔を出してから出社するそうです。って、ケンカでもしたんですか？　俺に連絡が来るなんて……」

「そう、なんだ。すまない」

ケンカか。黙っていなくなられるくらいなら、ケンカのほうがましだ。けれども、早緒莉が無事だとわかってようやく安心できた。

「あははは。もしかして家出でもされました？　気が強いからなー、有馬」

いや、違う。

「いつもまっすぐなんだ、彼女は」

どうしたんだろう、俺。こんな話を他人（ひと）にしたことなんてないのに。

でも、早緒莉は自分の心に忠実に、そして余計な駆け引きをせず突き進む。だから気が強く見えるが、実は陰で泣くことだってあるのだ。きっと昨日も……

「あ、すみません。悪く言ったわけじゃ……」

ハッとした様子の西村は、ばつが悪そうな顔をしている。

「わかってる。俺のデスクに例の書類を置いておいた。よくない点を赤で指摘してあるから持っていけ」

「げっ、恐怖の赤……」

西村がボソッとつぶやいたが、俺はそのまま足を進めて休憩室まで行った。

早緒莉に電話をかけてみたものの、出ない。仕方なく、普段はあまり使わないメッセージをしため始める。文字には感情が見えないので嫌いなのだ。

【体調はどうだ？　無理しなくていいぞ】

ありきたりの言葉を書いて早緒莉に送信したが、もっと訊きたいことが山ほどある。

「早緒莉……」

なにがあったんだ？　話してくれ！

早緒莉に拒否されるのがこんなにつらいとは思わなかった。

しばらくスマホの画面を見つめていると、既読の表示がついたので心臓がドクッと音を立てる。

なんと返ってくるだろうか……

期待してしばらく待っていたが、彼女からの返信は一向に来なかった。

早緒莉の顔がようやく見られたのは、二課の会議が終わった午前十一時過ぎ。俺が部署に戻ると、彼女は自分の席でパソコンを操っていた。

「有馬、会議室」

特に呼び出すほどの用があったわけではない。しかし、メッセージをスルーされた今、上司として声をかけるしか方法がなかった。

「すみません。これからアポが入ってるので無理です。もう出ます」

早緒莉はこちらを見ることすらなく言う。隣の西村が驚いた様子で彼女を見つめていた。鬼と恐れられているらしい俺の呼び出しを、こうもあっさり拒否する者なんていないからだ。

「そうか。わかった」

俺はイスに深く腰かけ、大きく息を吐き出した。

やはり、兄になにか言われたのだろう。いつも明るい彼女の心をズタズタに引き裂くほどのなにかを。

早緒莉はすぐにオフィスを出ていった。追いかけたい衝動に駆られたが、自分もアポイントメントが入っているのでゆっくり話せそうにない。今日は残業せずに帰ろうと決め、仕事に集中した。

定時の十七時半で会社を出るなんて、いつ以来だろうか。「お先」と声をかけてから帰ろうとすると、残っている部員の驚いたような視線が突き刺さるくらい珍しい行為なのはたしかだ。夫婦ゲンカをしたと思っている西村だけは、笑いを噛み殺していた。

早緒莉はあのあと外出したまま会社には戻ってこなかった。どうやら事務員に直帰すると連絡が入ったらしい。

車に乗り込み、すぐに早緒莉に電話をかける。しかし留守番電話に切り替わってしまい、声を聞けなかった。

はー、とため息が漏れるが、苦しいのは彼女のほうだ。

俺はあのとき、彼女をひとりにしてしまったことをひどく後悔していた。

マンションに帰っても、早緒莉の姿はない。

ジャケットを脱ぎネクタイを放り投げてソファに座り、ひたすら早緒莉からの連絡を待った。

帰宅してから約二時間。玄関の電子キーの音がしたので、即座に迎えに走る。

「早緒莉……」

よかった。帰ってきてくれた。

「酔ってるのか？」

ふわんとアルコールのにおいが漂ってきたのが意外で、彼女をまじまじと見つめてしまう。早緒莉はアルコールが好きなようだが、ひとりで飲みに行ったことはないと話していたのに。いや、誰かと一緒だった？

「酔ってますよ」

弱々しい声で返してくるが、意識ははっきりとしているようだし、パンプスを脱いで上がってきた足取りもおかしくはない。

「早緒莉、話がしたい」

「私もです」

いつもは俺が帰宅すると満面の笑みで迎えてくれるのに、今日はにこりともしない。

リビングに向かう彼女のあとを追い、「コーヒー、淹れようか？」と尋ねる。けれども「いいえ」と断られてしまった。彼女は俺が淹れるブレンドが好きで、いつもねだるのに。俺はそれがうれしくて、ネルフィルターの手入れを怠らなくなった。

ソファに座り、隣をトンと叩いて促したが、早緒莉は仁王立ちしたまま険しい顔で俺を見つめる。

彼女の瞳が、怒りと悲しみが入り混じったような色をしているのに気づいて緊張が走った。

バッグから書類のようなものを取り出した早緒莉は、少し乱暴にテーブルに置いた。

「離婚させていただきます！」

はっ？　離婚？

すでに記名された離婚届を突きつけられた俺は、驚きすぎて声が出ない。ただあんぐり口を開け、早緒莉を見つめる。

「ちょっと待て」

なにもわからぬまま離婚を受け入れられるはずもなく——いや、なにがあっても彼女を離すつもりなどなく、慌てた。

「短い間でしたがお世話になりました」

勢いよく頭を下げた早緒莉は、理由も言わずリビングを出ていく。

「待てって」

こんな終わり方、ありえない。

間違いなく柳原家でなにかあったのだろうが、なにがあったのか教えてくれなければ解決も謝罪もできないじゃないか。

もしかして、別れろと圧力をかけられた？　家柄を重んじるあの家族ならやりかねない。

追いかけて廊下で彼女の腕をつかんだが、振り向いてもくれない。

早緒莉をどれだけ苦しめたんだ、俺は。酔って帰ってきたのも、苦しかったからに違いない。

「私は賢太さんのなんだったの？」

「早緒莉……」

「記名して提出しておいてください。それでは」

俺の顔を見ることもなく震える声で言った彼女は、俺の手を振り払い出ていってしまった。

「なんだったのって……」

閉まったドアを見つめて、呆然(ぼうぜん)と立ちつくす。

生涯をかけて愛すると決めた女だ。答えはそれしかない。

いや、違う。俺はトップに立つために彼女を……

「まさか……」

もしかして、父が出したＹＢＦコーポレーションの社長就任の条件を、兄に聞かされた？　だとしたら、早緒莉のこの様子も納得がいく。

――俺はどうしてもYBFコーポレーションの社長のイスが欲しかった。そのために、業績が一番低いフィエルテをあてがわれても、がむしゃらに努力を重ねて結果を出してきた。しかし、突然提示された〝妻を持つこと〟という条件に愕然(がくぜん)とした。

その時点で学にも誠にも妻がいて、条件から外(はず)れるのは俺だけ。間違いなく、俺の社長就任を阻止するために付け足したのだとわかったが、そこであきらめるわけにはいかなかった。

なにひとつとして落ち度はなかったのに、柳原家の面々から数々の暴言を吐かれながら旅立った母の名誉を守りたい。俺が柳原家のトップに立ち、母の無念を晴らしたい。

幼い頃からずっと抱いてきた柳原家への復讐の念を、いまさら覆(くつがえ)すことなどとてもできなかった。

しかし、一生ひとりで生きていくつもりだった俺には結婚相手などいない。適当な女を捕まえて結婚してしまおうかとも思ったが、興味のない女との同居生活など耐えられそうになく、なかなか踏み切れなかった。

とはいえ、一年後と指定されたタイムリミットは刻々と迫ってきて、焦りだけが募(つの)る。

そんなとき、強いとばかり思っていた早緒莉が男に裏切られて涙を流す姿を見て、彼女と結婚すれば……という気持ちが湧いたのだ。

「最低だな、俺」

俺は傷ついた早緒莉を慰(なぐさ)めるふりをして、懐(ふところ)に入り込んだ。もちろん、妻にするからには幸せにしなければと思っていたが、いわゆる普通の恋や愛という感情が募(つの)っての結婚ではなかったのは認める。

ただ、早緒莉となら夫婦として生きていけるという気持ちが、心の中にたしかに存在した。結婚は面倒なものだとしか思っていなかった俺が、こんな感情を持ったのは初めてだった。

「くそっ。……早緒莉、すまない」

取り返しのつかない罪を犯したのだ、俺は。

離婚を突きつけられ、俺はようやく気づいた。俺が欲しいのは社長のイスよりも早緒莉なのだと。

兄や弟を退けて、ＹＢＦコーポレーションのトップに立つためだけに今まで走ってきた。

無論、婚外子という立場では不利なのはわかっていた。しかし、必死に俺を育ててくれたのに、罵倒されるだけの人生だった母の無念も、柳原家に引き取られたものの完全につまはじきにされて苦しい日々を送っていた俺の絶望も、必ず晴らすと決意した。そのために、兄や弟よりも上に立ち、自分が柳原家を動かすのだという気持ちだけで生きてきた。

フィエルテに入社してからは、会社中の人間に疎(うと)まれるのもいとわず、ブレンドの配合を改めるという大きな改革に着手した。

もともとハンデがあるレースに勝利するためには、誰もが認めざるを得ない実績を突きつけるしかない。そう考えて動く俺は、おそらく誰にとっても厳しい上司だっただろう。

部下たちが、鬼と陰口を叩いているのも知っている。でもそんな中、キラキラした目でついてきてくれたのが早緒莉だった。

彼女は、フィエルテというブランドを守り、そして成長させるためならどんな努力もいとわなかった。

俺が作り上げたブレンドを〝世界一のコーヒー〟と迷うことなく断言する彼女のおかげで、働くことが楽しくなった。のし上がるための手段だった仕事が、生きがいに変わったのだ。

それからは、フィエルテが世間に受け入れられていくのがうれしくてたまらなくなった。自分がいいと思うものがじわじわと広がっていくのは、まるで自分の人生を肯定されているかのようだったのだ。

母が亡くなってから初めて、明日が来るのが待ち遠しくなった。

しかも、早緒莉は現状に満足せず、次々と新しい案を考えていく。やがて、彼女が作るフィエルテの未来を一緒に見たいとさえ思うようになった。

けれども、俺が優先すべきは母の無念を晴らし、名誉を回復することだと思い込んでいた。

早緒莉が俺の前で涙をこぼしたあの日。チャンスだと思ったのは、彼女を妻にすれば社長就任の条件を満たせるからだったのか、無意識のうちに惹かれていた早緒莉と一緒になれると思ったからなのか……

きっと両方だ。だから初めて早緒莉を抱いたとき、夢中になった。彼女とひとつになった瞬間、このまま呑み込んで自分の一部にしてしまいたいという不思議な感覚に襲われた。自分だけのものにしたくてたまらず、激しく腰を打ちつけ、恍惚にあえぐ早緒莉を壊したくなった。壊して食ってしまいたかったのだ。――もうどこにもいけないように。

そんな狂気じみた感情が自分の中にあるとは驚きだった。これまで女を抱いても、欲を満たせばすぐに冷め、隣で眠ることすら億劫な最低男だったから。

それなのに、翌朝目覚めたとき、俺の腕の中で寝息を立てる早緒莉が愛おしくて、しばらくまじまじと見ていた。疲れて眠る早緒莉を犯してしまいそうになり、慌ててシャワーに駆け込んだくらいだ。

一方で、ＹＢＦコーポレーションの社長の座を射止めたいという願望を抱えていたのも事実で、早緒莉との生活には常に罪悪感がつきまとった。

早緒莉を利用しようという気持ちが少なからずあった俺は、愛という感情で彼女と向き合ってはいけないような気がしていた。

俺のプロポーズのあと、散々考えて一緒に生きていくと決めてくれた早緒莉。そんな彼女の、澄んだ水のように純粋で美しい心を、俺の汚い欲望という泥で汚してはならない。そうした気持ちがあったせいか、結婚してからもどこかよそよそしく接してしまった。

家族との触れ合いがどういうものなのかよくわからなかったのもある。どれくらい心の距離を縮めても許されるのか、柳原家でいつもひとりだった俺にはわからなかったのだ。

しかし、彼女と生活をともにしていると、どんどん惹かれていってしまう。

自分も忙しくしているのに、俺に弁当まで作ってくれる早緒莉がかわいくてたまらない。しかも彼女が作ったたこ型のウインナーを見て、思わず頬が緩んだ。

幼い頃、行事のたびに学や誠が義母に豪華な弁当を作ってもらっているのをうらやましく思っていた。そんな俺に気づいた初枝さんが、ウインナーをたこ型にして詰めてくれたのを思い出したのだ。

どう考えても、鬼と呼ばれる俺には似合わないが、俺が無意識に求めていた家庭の温もりのようなものを教えてくれた気がして、胸がいっぱいになった。

だからかその日は無性に彼女が欲しくてたまらず、バスルームで抱きつぶした。彼女と温かな家庭を作りたい。ふたりの子供が欲しいという欲求がすさまじい勢いでこみ上げてきたのだ。

避妊もせずに彼女の中で果てたとき、俺にもこんな幸福な時間を持てるんだと感動を覚えた。

疲れて帰っても、彼女の笑顔を見るだけで力が湧いてくる。毎朝、一緒にブレンドを飲む時間は至福のときだ。

早緒莉と結婚してよかったことしかない。でも、彼女を愛おしく思う気持ちが強くなればなるほど、彼女の存在を社長就任のために利用しているという罪悪感があふれてきて苦しい。

かといって、社長のイスをあきらめることも、早緒莉を手放すこともできないでいた。

「なんてバカなんだ」

学が彼女を傷つけたと決めつけていたが、元凶は間違いなく俺だ。学を責める資格などない。

俺は慌てて玄関を飛び出したものの、すでに彼女の姿はどこにもなかった。

「早緒莉……」

どうしたらいいんだ。

早緒莉を失うくらいなら、社長のイスなんていらない。

彼女に出会うまでは、母をもてあそんで捨てた父も、世間体のために俺を引き取ったあと、ちょっとした失敗で俺をなじり、ときには手を上げた義母も、そしてそんな義母と一緒に俺をバカにし続けた兄や弟も憎くてたまらなかった。だから、実力で兄や弟を押しのけて一番高いところから見下ろしてやるという気持ちでいっぱいだった。

でも、離婚届を突きつけられ、ひそかに心奪われていた相手にあっさりと目の前から去られて、ようやく自分が一番欲しかったものに気づいたのだ。

俺が欲しかったのは……早緒莉と一緒に築く温かい家庭だ。一緒に食卓を囲み、「おいしい」と言い合える時間だった。

結婚してから、早緒莉はいろいろな料理を振る舞ってくれた。料理の腕前は普通だと謙遜していたが、手際はいいしレパートリーは豊富だ。「レシピ本をカンニングしてるんですよ」と笑っていたけれど、どれもこれもうまかった。

それなのに俺は……「うまいよ」のひと言すら口にした覚えがない。

それに、長い間、誰とも話さず黙々と口に運ぶのが習慣になっていたからか、たくさんの料理を前にどんな会話をしたらいいのかわからなかった。だから、仕事の話ばかりしていた気がする。

最高の伴侶を得たのに、俺は一体なにをしていたのだろう。彼女さえいれば幸せなのに。

リビングに戻り、離婚届を手にして頭を抱える。記入なんてできるはずがない。早緒莉を愛しているのだから。

ここまでされなければ自分の気持ちに気づけないとは、情けない。

「どこに行ったんだ……」

とにかく早緒莉に謝らなければ。

俺は男に裏切られて傷ついていた彼女を利用するような行為をしたのだ。あの雄司という男に『早緒莉を幸せにできるわけがない』と啖呵を切ったくせして、俺はあの男以下だ。

こんなときに早緒莉が行きそうな場所すらわからない。

結婚してから互いの話をする時間はたっぷりあったはずなのに、俺は積極的にコミュニケーションを取ろうとしなかった。家族とどんな話をしたらいいのかわからないのは本当だが、早緒莉を愛しているのなら、もっと知ろうとすべきだった。

「早緒莉……」

とにかく捜さなくては。

祈るような思いで電話をかけてみたが、電源が落とされていてつながらない。

彼女の実家に電話をしてみたが特に変わった様子はなく、お義母さんに『急に電話なんてどうしたの？』と勘ぐられる始末。俺はあいまいに濁して電話を切り、マンションを飛び出した。

もしかしてまた飲んでいるのではないかと思い、近所のカフェバーや居酒屋を片っ端から覗いて回ったがどこも空振り。その間にも何度も電話を入れてみたものの、電源は切られたままだった。

戻ってきているのではないかという一縷の望みを抱いてマンションに帰ったが、彼女の姿はない。

当然だろう。離婚届を置いて出ていったのだ。生半可な気持ちではないはずだ。

結局俺は、離婚届を前にして眠れぬ夜を過ごした。

翌朝は早くから会社に向かい、ひたすら早緒莉が出社するのを待った。

今日は朝いちで一課の会議が入っているので必ず来ると思ったからだ。しかし、会社を辞める覚悟まで固めていたらと思うと怖い。

あんなに生き生きと働いていたのに、俺が彼女の居場所まで奪うわけにはいかない。

ドアが開くたび注目するが早緒莉の姿は見えず、俺は落胆しながらじっと待った。

西村が出社してきたものの、特に早緒莉の欠勤や遅刻の話をしてこない。ということは、来るはずだと期待は高まる。

始業時間は九時。十五分前になると、我慢できずに一階の玄関まで下りた。

「早緒莉……」

すると、ちょうど姿を現した早緒莉に近づいていく。俺を見つけた彼女は、ハッとした様子で足を止めた。

「早緒莉。お前が怒った理由は察しがついている。申し訳ない」

玄関のど真ん中で頭を下げたからか、「ちょっ……」と彼女は俺の腕を引き、人気(ひとけ)のない階段の踊り場に向かった。

「昨日はきちんと眠ったか?」

立ち止まった彼女の腕をしっかり握るのは、離したくないからだ。身勝手なのはわかっているが、体が勝手に動いてしまった。

「ホテルに泊まりましたから、大丈夫です。……あの、これ……」

早緒莉がバッグから白い封筒を取り出す。それが退職届だとピンときた。

「受け取るつもりはない。お前が辞めるくらいなら、俺が辞める」

「そんなわけにいかないでしょう？　賢太さんは後継ぎなんですよ？」

怒気を含んだ声で言う彼女は、うっすら目に涙をためている。

俺は幸せにすると決めた女にこんな顔をさせているんだ。どうしようもないクズだ。

「早緒莉を失うくらいなら、他にはなにもいらない。お願いだ、話を聞いてくれ」

もう一度頭を下げたとき、内ポケットの中のスマホが鳴りだした。

「電話ですよ」

「放っておけばいい」

そのうち留守番電話に切り替わったようだが、再び鳴り始める。

「もう会議の時間です。捜しているんじゃないですか？」

早緒莉の冷静すぎる言葉が、胸に突き刺さり痛くてたまらない。

「早緒莉も会議だろ」

「そうですけど、私はいなくてもなんとかなります」

「ダメだ。早緒莉がいないと俺は……」

完全に公私混同だ。けれど、一課のいつもの席にもマンションにも、早緒莉がいないなんて考えられない。もう俺の人生の一部になっているのだ。

「だったら……」

彼女は俺の目をじっと見つめて、声を振り絞る。しかし、途中でやめてしまった。

「いくらでも俺を責めてくれ。望むなら土下座でもなんでもする。話を聞いてほしい」

「土下座なんて……。私は賢太さんを尊敬してたのに」

早緒莉は唇を噛みしめ、顔をゆがめる。

それなのに裏切ったのか、俺は。

「本当にごめん。全部俺が悪い」

こんなに必死になったことが今まであっただろうか。情けない姿をさらしているのはわかっているが、彼女をどうしても失いたくない。

切れた電話が再び鳴り始め、早緒莉が気にしているそぶりをみせる。

「……私を捕まえてお説教していたことにしましょう」

「えっ？」

「ふたりとも遅刻ですから、それで丸く収まるでしょう？」

機転を利かせてくれたのだ。

「ああ、助かる。でも……」

「私、フィエルテが好きなんです。賢太さんが抜けたフィエルテの未来なんて見たくありません。逃げませんから」

複雑な表情で吐き出す彼女だけれど、その言葉は温かい。それが俺の罪の意識を煽ってくるが、その苦しみはもちろん背負わなければならない。俺が悪いのだから。

「ありがとう、早緒莉」

彼女の寛大さに甘え、ふたりで会議室に向かった。

会議中は早緒莉に笑顔も見られてホッとした。とても退職届をしたためてきた人間には見えない。

「西村さん、男子学生寄りの考えもお願いしますよ」

早緒莉が言う。例の大学の集客について詰めているところだが、女性向けのメニューはそろったので、男性向けの目玉商品が欲しいと話しているのだ。

「所詮男子は女子の尻に敷かれるんだ。柳原さんみたいな優良物件を除いてはね」

いきなり俺の名前が出たせいで、早緒莉はあからさまに目を泳がせる。

「俺のどこが優良物件なんだ。こんな最低な人間」

しまった。感情的になりすぎて余計な発言をしてしまった。

「あれ、柳原さんがそんなこと言うなんて珍しいですね」

「すまん。なんでもない。続けてくれ」

西村がつっこんできたが、話をもとに戻す。

集中しろ、俺。早緒莉が大切に思うフィエルテを守れ。

自分に指令を出し、気持ちを引き締めた。


会議のあとはひっきりなしに部下からの相談があり、早緒莉に近づけなかった。しかし、今日は内勤だけのようで、目の届く範囲に彼女がいるのがうれしい。

終業時間少し前に会議から部署に戻った俺は、ひたすらパソコンになにかを打ち込んでいる早緒莉にメッセージを送信した。

【駐車場で待ってる】

なんと返事が来るのかそわそわしたものの【わかりました】と返ってきたので胸を撫で下ろす。

定時で席を立ち、チラリと視線をやると、早緒莉もパソコンの電源を落としているところだった。

「おや、夫婦でデートですか?」

西村が茶化してくるので「そんなところだ」と濁す。

そういえば、仕事帰りにデートなんてしたことがない。土日も仕事優先だった。そもそも、誰かと時間を共有するという経験をあまりしてこなかった俺は、毎日彼女のそばにいられるだけで満足していた。でも、早緒莉はそうではなかったかもしれない。交際もせず結婚しておいて、いきなり冷めた夫婦生活を送っているように感じただろう。自分の行動を振り返ると、反省するところばかりで頭が痛い。

「乗って」

駐車場で早緒莉を促(うなが)すと、無表情ながらも素直に助手席に乗ってくれた。

昨晩のあの衝撃的な出来事が俺たちの最後にならなくて本当によかった。でも、これからが本番だ。

「家でいい?」

「はい」

彼女は視線を落としたまま答える。いつも明るい彼女にこんな顔をさせる自分が恨めしい。

車内では会話をすることもなく、マンションに到着した。

ソファに並ぶのではなく、ダイニングテーブルを挟んで座ったのは、しっかり顔を見て話したかったからだ。

「早緒莉。兄から社長就任の条件を聞いたんだね」

目を合わせてくれない彼女に、ストレートに尋ねる。離婚届まで用意された今、なりふり構ってはいられない。

彼女はなにも言わなかったが、しばらくしてコクンとうなずいた。

「そうか……。その話は本当だ。父の後任は、それぞれの会社での活躍ぶりを見て決めると言われていたんだが、結婚して社会的にも認められることという条件をあとから加えられた」

俺が話すと、早緒莉は顔色ひとつ変えないまま口を開く。

「……社長になりたいから結婚するなんて、私には考えられません。結婚って好きな者同士がするものでしょう？　そんな打算的な……。私と賢太さんは根本的に価値観が合わないんです」

早緒莉がうっすら涙を浮かべるのを見て胸が痛む。

「そうだよな。最低だ、俺。本当に申し訳ない」

テーブルに額（ひたい）がつきそうになるくらいまで頭を下げる。そして顔を上げてから続ける。

「でも俺は、早緒莉が好きだ」

「えっ……」

「早緒莉がフィエルテに来て俺の下についてから、ずっと気になっていた。失敗して落ち込んでも、すぐに目が輝いてくる。いつもまっすぐ未来だけを見ている。未来のために努力できるお前は、俺の理想だった」

最初からこうして告白して恋を始めればよかったのに、社長のイスを望んだ俺は、彼女を強引に妻にしてしまった。

「お前がブレンドを褒めるたび、自分が認められている気がした。正直、あれを開発したときは、〃社長の息子だからといって調子に乗るな〃というような目でずっと見られていて居心地は最悪だったんだ。でも、早緒莉の笑顔がそれまでの俺の苦労を全部帳消しにしてくれた」

彼女は目を丸くしつつも、俺の話に耳を傾けてくれる。

「自分が必死になって作ったブレンドを、迷うことなく世界一だと言ってもらえるのがうれしかった。それだけじゃない。早緒莉がフィエルテのために傾ける情熱が、俺には心地いいんだ。俺も同じような気持ちを持っているから」

「賢太さん……」

ようやく言葉を発した彼女は、唇を噛みしめてなにかを考えているようだ。

「俺……誰かと一緒にいて楽しいと思えたのは早緒莉が初めてなんだ」

「初めて？」

「そう。俺はずっと、自分を否定しながら生きてきたから。でも、早緒莉が『フィエルテのブレンドは世界一だから、飲んだことがない人に飲ませたい』と口癖のように言うのを聞いていたら、自分がしてきたことは間違いじゃなかったんだと思えた」

彼女の言葉は俺をどん底から救い上げてくれた。

「否定しながら生きてきたって……婚外子だからですか？」

早緒莉は俺に気を使っているのか控えめに訊いてくる。でも、もう全部知ってもらいたい。彼女にはなにも隠したくない。

俺は大きく息を吸い込んでから口を開いた。

「母は……父が既婚者だとは知らずに恋に落ちた」

「そんな……」

「俺を授かって結婚できると思った矢先、妻の存在を知らされて、おまけに堕ろすように言われたようだ」

早緒莉は目を見開き、そして眉をひそめる。

あれはまだ中学に上がったばかりの頃。母の命日に墓で偶然会った母の友人に母について教えてほしいと懇願したら、重い口を開いてくれた。

「でも母は、俺を守ってくれた。結婚も養育費も望まないから生ませてくれと、俺を……」

母が強くなければ、俺はここに存在しない。

「母の死後、俺は柳原家に迎えられたが、家族としては扱ってもらえなかった。俺に対する理不尽な言動は耐えられた。だけど、母を侮辱されるのだけは許せなかった。悪いのは父だ。それなのに母だけが悪者にされて悔しかった」

こんな感情を吐き出したのは初めてだ。

早緒莉の目からぽろりと涙がこぼれたので慌てる。

「ごめん」

「ううん。続けてください」

彼女は涙を手で拭い、俺を促した。

「そのうち、俺が柳原家を乗っ取ってやる。コイツらの上に立って、母の名誉を回復するんだという気持ちが膨らんで、ＹＢＦコーポレーションの社長を目指し始めた。ただ、兄弟一律にその資格があるように見せかけてはいるが、俺は圏外からのスタートだ。俺が社長に就任するには、ずば抜けた成果を叩きだす必要があった」

おそらく父が『家庭を持つこと』という条件をいきなり追加したのは、フィエルテの業績アップ率が兄弟の三社の中で断トツだからだ。このままでは俺が社長の座を射止めると思った父が焦ったのか、あるいは兄や弟がなにか吹き込んだのか知る由もないが、俺の社長就任を阻止するための提案に違いない。

「早緒莉を抱いたあの夜。これで社長のイスレースに参戦できるという考えがあったのは否定しない。でも、相手が早緒莉でなければ幸せなんて感じなかったはずだ。このままふたりで溶けてしまいたいと思うほど幸せだったんだ」

胸の内を洗いざらい正直に話そう。そうでなければ彼女の心は動かせないし、この先夫婦としてやっていけない。

「本当に申し訳ない」

もう一度頭を下げて謝罪する。こんなことで彼女の心の傷が癒えるとは思えないが、俺にはこうすることしかできない。

頭を上げると、彼女は困惑と憐れみが混ざったような複雑な表情で俺を見ていた。そうなるのもうなずける。

それから彼女はしばらく黙っていたが、なにか決意したようなキリリとした表情になり、口を開く。

「柳原の家に行って、賢太さんが疎外されているのが伝わってきました。学さんや誠さんの言葉も、とても兄弟に向けたものとは思えなかった。それについては、なんて言ったらいいか……気の毒というひと言で片づけていいのかわかりませんけど……」

言葉を選びながら話すのは、俺を傷つけないためだろう。それなのに俺は、こんなに優しい彼女を裏切ったのだ。

「もし自分だったらと思うと、いたたまれません。でも、やっぱりだまされていたという気持ちは拭えないんです。もう一度賢太さんと夫婦としてやっていけるのか、正直自信がない」

苦しげに気持ちを吐き出す早緒莉は、小さなため息をつく。

俺は彼女をじっと見つめ、再び話し始めた。

「離婚届を置いていかれて、ようやく自分の気持ちと向き合えた。俺は、早緒莉と一緒に歩む人生が欲しい。もしそれを信じられないというのなら、社長就任のレースから降りる」

それで許してもらえるならば、そうする。彼女を失いそうになって初めて一番大切なものに気がつくなんて情けないのだが、どうしても欲しいのは社長のイスじゃない。早緒莉だ。

「でも、お母さまの無念を晴らしたいんでしょう？」

彼女の瞳が揺れている。もう二度と苦しめたくない。

「ずっとその気持ちだけで生きてきた。だから執着していたところはある。俺の命を守ってくれた母には申し訳ない気持ちもあるが、早緒莉がいないこの先の人生に希望なんてない。母の無念は別の形で晴らしたい」

柳原家への復讐だけを胸に生きてきた。そのためならなんでもするつもりだったし、フィエルテを発展させるために踏ん張ってきたのもその一環だ。でも、早緒莉だけはなにがあっても離したくない。

「お願いだ。俺にもう一度だけチャンスをくれないか。それでも、どうしても早緒莉が夫婦としてやっていけないと思うのなら……」

この先は言いたくない。必ず彼女にわかってもらう。

「……私だって、離婚したいわけじゃないんです」

険しい表情の早緒莉は、テーブルの上の手を強く握りしめている。

「早緒莉……」

「賢太さんのバカ！　これで裏切られたら、私、相当みじめですよ？」

「絶対に裏切らない」

だます形になってしまった俺には、そう繰り返すことしかできない。

「私、普通にできないかもしれません。それでも――」

「もちろん構わない」

今にも涙がこぼれそうな早緒莉の言葉を遮って言った。今までどおりを彼女に望むなんて虫がよすぎる。

「今度ダメだと思ったら、もう一回やりますからね」

「なにを？」

「離婚させていただきます！　って。二回も離婚届を突きつけられるなんて、前代未聞ですよ！」

彼女は怒気をあらわにした声で言うくせして、表情が柔らかくなった。

やっぱり早緒莉は優しい。俺に釘を刺しつつも、もう一度チャンスをくれると言っているのだ。

「もう言わせない。早緒莉を泣かせない」

彼女の目をじっと見つめて宣言すると、小さくうなずいてくれる。

「でも、気持ちを整理する時間が欲しいです。冷静になって考えたい。しばらくホテルに泊まります」

なんとか引き止められたと胸を撫で下ろしたが、別居の提案をされた。しかし、譲歩してもらっているのだからなにも言えない。

「わかった。しっかり頭を冷やすよ。だけど、出ていくのは俺だ」

そう伝えると、早緒莉は目を丸くしている。

「えっ？　ここは賢太さんのマンションですから」

「ここは、俺たちふたりのマンションだ。早緒莉、枕が変わると眠れないじゃないか」

　ここで一緒に住み始めた頃、なかなか寝つけずに苦労していたのを知っている。それに、不特定多数の人間が出入りするホテルに、彼女を何日も置いておくのは心配だ。

「なんで知ってるの？」

　そりゃあ、毎日穴が開くほど寝顔を見ていたからな。彼女は目を閉じていたので気づいていないのだろうけど。

「とにかく、俺が出ていく。いつか戻れるように努力する」

　チャンスをくれた彼女を必ず納得させる。絶対に離さない。

「……わかり、ました」

　早緒莉は困惑しながらも承諾してくれた。

「荷物をまとめてくる」

　できるならこのままふたりで暮らしたい。そんな気持ちが口からこぼれそうになるが、彼女を傷つけた俺にそれを求める資格はない。

　俺はうしろ髪を引かれる思いで彼女の前から去った。

離婚しますか、しませんか？


離婚届に記名するとき、手が震えてしまった。

賢太さんの仕打ちに傷ついて、もう夫婦としてやっていけないと思い詰めた結果だったが、いざ離婚届に名前を書くとなると動揺してしまい、気がつけばカフェバーで飲んでいた。離婚を彼に言い出すには、素面では無理だったのだ。

覚悟を決めて離婚届を突きつけて家を飛び出したのに、賢太さんの謝罪を聞く気になったのは、きっと私に未練があったから。強引に始まった結婚生活だったが、いつの間にこんなに彼を好きになっていたのだろうと自分で驚くほど、離婚を言い渡したあと涙が止まらなくなった。

彼の話を聞くまでは心が怒りで満たされていたのだけど、亡くなったお母さまについて聞いたとき、衝撃で息が止まりそうになった。

婚外子として生を受けた賢太さんに非がないのはわかっていたけれど、まさかお母さまも恋に落ちた相手が既婚者だとは知らなかったなんて。そんな状況でも賢太さんを生むために必死だったのだろうと考えたら、涙がこぼれた。

柳原家での賢太さんの処遇を見ていると、完全によそ者扱いなのだなと感じる。いわば愛人の子なのだから、お義母さまが彼を受け入れられない心情は理解できるが、お父さままで冷たいのはひどいとしか言いようがない。兄弟の対応も冷酷で、賢太さんがどんな幼少時代を過ごしてきたのかなんとなく想像できた。

そんな賢太さんが、お母さまへの侮辱を許せず復讐したいという気持ちを抱いていたと聞き、驚きはしたものの、どこかで納得もしていた。もし自分だったら、やはり見返したいと思うだろうからだ。

彼からもう一度チャンスがほしいと言われたときは戸惑った。しかしその一方で、ホッとしている自分もいたのだ。

やり直せるならそうしたい。賢太さんと今度こそ本当の夫婦になりたい。

彼の話を聞いて、私は利用されただけではなく愛されてもいたのだと思いたかったのかもしれない。

『社長就任のレースから降りる』とまで言う彼を、もう一度だけ信じてみたい。いや、それが本音であってほしいという願いもあった。

やり直すと決めたものの、別居を提案したのは私だ。このまま流されて同居していたら、いつか元どおりの生活がやってくる気がする。でも、心に負った傷としっかり向き合って治しておかないと、なにかあるたびに賢太さんのせいにしてしまいそうなのだ。

賢太さんの気遣いでマンションに残ったが、うまく眠れなかった。ようやくここでの生活にも慣れてきて、朝までぐっすり眠れるようになったのに、大きなベッドはひとりでは寂しすぎた。

このマンションでコーヒーの香りがしない朝は初めてだった。でも、自分で淹(い)れる気にはなれなくて、朝食も食べずに会社に向かった。

社屋の玄関に入ると、賢太さんが待ち構えていたので驚いて足が止まった。

「おはよ」

「おはようございます」

なんとなくぎこちない空気が流れるが、さすがに離婚話をしたあとなので仕方がないだろう。

「行こうか」

私を待っていてくれたようだ。思い詰めて退職届までしたためたので、会社に来なくなるのではないかと心配なのかもしれない。

エレベーターに乗り込み、彼が【閉】のボタンを押したあと、私は口を開いた。

「昨日は、仕事に身が入らずすみませんでした」

「いや、それは俺が……」

「仕事中は余計なことは考えないようにします。だから賢太さんも、いつも通り接してください」

変な気を回されて手を抜かれるのは本意ではない。彼が引っ張ってきたフィエルテを、私たち夫婦のいざこざでダメにするわけにはいかないのだ。

「……そうだな。そうする」

彼は神妙な面持ちでうなずいた。


別居を始めて二週間。

賢太さんは毎晩メッセージをくれる。特に重要なことが書いてあるわけではないのだけど、【ちゃんと食事をとっているか？】とか【疲れた顔してたけど大丈夫か？】とか、私を気遣う言葉が並ぶ。

結婚してから毎日一緒に過ごしていたのに、こういう会話をあまりしなかったなと改めて実感するのと同時に、今の賢太さんの努力が垣間見えた。スマホを前にして、なんと書いて送ろうか頭を悩ませている光景が目に浮かぶのだ。

難しい案件をあっという間に片づける敏腕（びんわん）部長が、妻へのメッセージを必死に考えていると知ったら、会社の皆はきっと驚くだろう。

それだけではない。彼は毎朝、私が出社するのを会社の玄関で待っている。「こんなことはしてくれなくてもいい」と伝えたのに「早緒莉の顔を見ないと一日が始まらない」と返された。

部署に行けば嫌でも言葉を交わすのにと思ったけれど、始業時間を迎えた瞬間、私たちは上司と部下になる。きっと数分でも夫婦としてかかわりあいたいのだろうと思ったら、朝のこの数分がとても貴重な時間になった。

部署では、たこさんウインナー入りのお弁当がなくなったことで、西村さんにいつも茶化される。

「まだケンカしてるの？」

「どうでしょう」

「有馬ってなかなかやるな。あの柳原さんを相手にケンカとか……。俺、絶対無理だわ。即白旗」

上司としての賢太さんしか知らないとそうなるだろうな。賢太さんの発言はまったく隙（すき）がなくて反論できないもの。

「最近忙しくて、お弁当まで手が回らないだけですよ」

あまり変な噂が広がってもまずいので、適当にごまかした。

「そっか。たこさん食べてる柳原さん、シュールだったのに」

「面白がってます？　言っておきますね」

「やめろ」

西村さんは眉間に深いしわを寄せ、首をブンブン振った。

皆が怖がる賢太さんに離婚届を突きつけた私って結構すごいのかしら、なんてくだらないことを考えてしまう。

あのときはもう一緒にやっていけないと強く思ったのに、その気持ちは薄れつつある。賢太さんの過去を知ったからというのもあるが、彼が必死に私をつなぎとめようとしてくれているのが伝わってくるのだ。

「ちょっと、折れてみるかな」

「なんか言った？」

「なんでもないですよ。この書類、十一時までに提出って知ってます？」

「早く言えよ。柳原さんの鉄拳が……」

難しい顔をした西村さんは、慌ててキーボードを叩きだした。


十八時くらいに仕事を終えて会社を出ると、すぐにバッグからスマホを取り出した。

なんと書いたらいいのか迷うこと十五分。結局、【ご飯を食べに来ませんか？】という短い文章を送信する。もちろん、賢太さんに宛てたものだ。

別居のままではなにも進展しない。賢太さんからは言い出しにくいだろうから、私から誘うことにしたのだ。

スマホをバッグにしまおうとしたところで、着信音がしたのでびっくりしてしまった。

賢太さんからのメッセージだ。画面を見ると、【餅】という意味不明なひと言が書いてあって、首をひねる。

「お餅が食べたいの？」

けれど、すぐに次のメッセージが送られてきた。

【もちろん行く。書類の提出待ちをしているから、一時間後くらいに帰る】

もちろんの〝もち〟を漢字に変換して送ってしまったのだろう。

あの完璧上司がこんなケアレスミスをするなんておかしくて、思わず笑いがこみ上げてくる。きっと内心焦っているのに、社内ではすました顔をしているんだろうなと思うと笑いが止まらなくなり、肩を震わせながら駅へと向かった。

マンションに帰り、夕食を作り始める。別居してからなにを食べても味気なく、お弁当やお総菜を買ってきて済ませていたので、きちんと料理をするのは久しぶりだ。

料理が特別好きなわけではないのに、ウキウキしている自分に気づいた。

賢太さんと一緒に食べたかったんだろうな……

怒りで頭がいっぱいになり離婚届を勢いよく突きつけ、おまけに別居を言い出したが、彼がいない生活は想像以上に寂しいものだった。

結婚してからどこかよそよそしいと感じていたのは、出世のために私と結婚した引け目があったからかもしれない。でもそれ以上に、家族の触れあいに不慣れな賢太さんが、夫婦としてどう接するべきなのかわからなかったのが大きい気がする。そんな彼が、私と懸命にコミュニケーションを取ろうとしている姿にほっこりした。

結婚を利用されたことへの怒りがないわけではないけれど、関係修復に向けて頑張ってみてもいいかもしれないと思い始めている。

今日の夕食は、賢太さんが好きなエビをたっぷり入れたペスカトーレだ。

玄関の電子キーが開く音がしたかと思ったら、賢太さんが勢いよくリビングに飛び込んできた。

「早緒莉……」

会社で私に無理難題を言う上司とは思えないほど柔らかな表情で微笑む彼は、近寄ってきて私を抱きしめる。

「ただいま」

「お、おかえりなさい」

いきなりだったので体がカチカチに固まってしまったものの、私はこういう夫婦らしい行為を待っていたのかもしれない。

「呼んでくれてありがとう」

「でも、フレンチのフルコースは出てこないですからね」

「いや、いいにおいだ」

彼は私の腰を抱いたままフライパンを覗き込んで香りを楽しんでいる。

「ペスカトーレです。エビ、たくさん入れておきました。着替えてきてください」

「うん」

うれしそうに微笑む彼は、リビングを出ていった。

こういう会話も初めてかもしれない。

きっと、夫婦の関係をよくしたいと頑張っているんだろうな。私も歩み寄らなくては。

テーブルにペスカトーレとサラダを並べた頃、彼が戻ってきた。

「うまそうだ。いただきます」

賢太さんはきちんと手を合わせてからフォークを手にした。

「そういえば、コールドブリューの件だが……。あっ、いや違う。なんでもない」

ひと口食べてから話し始めた彼だったが、しまったというような顔をしてすぐにやめてしまう。

実は会社でカフェバーの件を話し合い、カフェの時間帯にコールドブリューとネルドリップのコーヒーを出したいと提案したのだ。

コールドブリューとは、お湯ではなく水でコーヒーを抽出するやり方なのだが、抽出するのに半日程度の時間が必要になる。また、いつも賢太さんに淹れてもらっていたネルドリップは、フィルターの扱いにかなり手間がかかる。しかし、やはりどちらも味わいが違う。

人それぞれ好みはあれど、他の店舗ではできそうにないこのふたつを試してみたいと思っての提案だったが、彼は時間や人件費がかかることを承知の上で「やってみろ」とゴーサインを出してくれた。

新しいチャレンジなので、彼も思うところがあり気が急いているに違いない。

「あー、うまいな、これ」

仕事の話を家庭に持ち込んではいけないと思っているだろう彼が白々しく言う様子に、笑いをこらえた。

きっと賢太さんは、夫婦というもののあり方について必死に考え、実践しようとしている。でも不器用すぎるのか経験がないからなのか、空回りしているのだ。

「本当ですか？」

「本当だ。ちょっとピリ辛なのがいい」

「賢太さん、辛いもの好きですもんね」

結婚してから知ったが、かなり辛い料理も平気な顔をして食べる。

「そうだな。好きだ」

妙に照れたような顔ではにかむ姿が意外すぎる。こんな顔も持っているんだ。

「コールドブリューの話、してもいいですよ？」

「いや、会社でする。すまない」

しきりに反省している彼がおかしい。会社ではあんなに切れ者なのに、ちょっとかわいいかも。

それからしばらく沈黙が続いたあと、彼がためらいがちに口を開いた。

「早緒莉の好きな色は……」

「ん？」

いきなり、なに？

「白か。好きな食べ物は……チーズだな」

懸命に私への質問を考えているようだ。でも、小学生のする質問のようだし、その答えを全部自分で答えているのがおかしくてたまらない。私はとうとう噴き出してしまった。

「その通りですけど、どうして知ってるんですか？」

「そりゃあ、見てればわかる」

彼は自信満々に答える。

そうなの？　私は訊かないとわからないことがいっぱいなのに。

「お前が好きだから」

熱い視線を注がれて放たれたひと言に、息が止まりそうになった。

本当に？　信じてもいい？

「でも、もっと知りたい」

「……はい。私が一番好きな飲み物は、ラ・フィエルテのブレンドです」

「それはずっと前から知ってる」

彼が口の端を上げるので、私も笑った。

ぎこちない夫婦かもしれないが、こうして距離を縮めていけるだろうか。

食事が済んだあと、ホテルに戻ろうとする賢太さんを引き止め、また一緒に住もうと伝えたのは私だ。

「無理しなくていい」

賢太さんは私の言葉に目を見開きつつも、一歩引く。自分の気持ちより私のことを優先してくれているのだ。

「無理はしてません。別居を続けていたら永遠にこのままですよ。別居するって言ったのは私なんですけど」

夫婦として生きていくのか、それともやはり別々の道を選択したほうがいいのか、きちんと向き合って決めたほうがいい。

「でも、たこさんウインナーはまだお預けです」

「もちろんだ。ブレンドは淹れてもいいか？」

「大歓迎です」

私がおどけて言うと、彼も白い歯を見せた。

久しぶりに一緒にベッドに入ってまぶたを下ろしたものの、彼が私をじっと見ているのがわかる。

「眠れないんですか？」

目を開けて尋ねると「いや……」と曖昧な返事が来た。

「もったいないんだ。早緒莉がここにいるのに目を閉じるなんて」

「やめてください。見られていると眠れません。それに、賢太さんも寝ないと倒れますよ？」

ただでさえ忙しく走り回っているのだから、体を休めなければもたない。

「だけど、眠っている間に早緒莉がいなくなっていたらと考えてしまって」

「出ていくときは言います。離婚させていただきます！　って」

「もう二度と言わせない」

焦った様子で起き上がった彼は、私の顔の横に両手をついて見下ろしてくる。暗闇に慣れた目が、彼の真剣な表情をとらえた。

「お前を離したくない」

「賢太さん……」

視線が絡まり、吐息がかかる距離にまで彼が近づいてくる。

キス、される。そう思った瞬間、彼の動きが止まった。

「好きだ」

熱い愛の告白が胸に響く。

私だって好きなの。あなたが柳原家と関係なければいいのに。そう心の中で叫んでも、当然届かない。

彼はキスすることなく離れていこうとしたが、私は彼の首に手を回して引き止めてしまった。

「早緒莉？」

「あっ、ごめんなさい」

この気持ちをどう言葉にしたらいいのかわからない。好きなのに……なにもかも忘れられるほどメチャクチャに抱いてほしいのに、心に負った傷が疼いてしまう。

「早緒莉」

もう一度私の名を呼んだ彼は、切なげな眼差しを私に注ぎ、そっと頬に触れてくる。

「ごめんな。全部俺のせいだ。お前を傷つけたことは、一生かけて償っていく」

違う。償ってほしいんじゃないの。あなたと一緒に生きていきたいだけ。

ただ私を愛して。私だけを見て。そんな強い想いが湧き起こる。

賢太さんとの平穏な日常が欲しい。幼少の頃、寂しい思いをしてきた彼と温かい家庭を築きたい。

でも、私がそんなことを口にしたら、本気で社長候補から降りそうだ。

あれっ？　私、そうしてほしいはずなのに、胸がモヤモヤするのはどうしてだろう。

なぜだか泣きそうになった私は、小さく首を横に振る。すると彼は、私を抱きしめた。

「早緒莉。……早緒莉」

彼は私がここにいる現実を噛みしめるかのように何度も名を呼び、手に力を込める。私も彼の背に手を回してギュッと抱き寄せた。

「賢太さん。私を抱きしめたまま眠ってください」

この温もりから離れたくない。そばにいたいのはあなただけじゃないの。

夫婦としてやり直したいという想いがあふれそうになる一方で、全部水に流すとも言えない。なんて度量が狭いんだと自分であきれるが、それくらい衝撃的な出来事だったのだ。

にいた。

「もちろんだ。ありがとう、早緒莉」

優しい声でささやく彼は、私の隣に横たわり腕枕をしてくれた。そして私を抱きしめたまま眠りについた。

賢太さんの淹れてくれたブレンドを飲んだ朝は、気持ちがしゃっきりする。久しぶりだったからか、いつも以上においしく感じられた。

一緒に出勤したものの、エスプレッソマシンの業者との面会が入っているという彼とは、会社のエントランスで別れた。

廊下を歩いていると、給湯室からひそひそ話が聞こえてくる。二課の事務員たちのようだ。

「そっか。長男の奥さんおめでたか。後継ぎつくったら社長のイスも近くなるよねぇ」

長男って、学さんの話？

驚いて足が止まる。

「うん。フィエルテの成長率が断トツだから、柳原さんがひょっとして……と思ってたけど、ひとりだけ母親が違うらしいし無理かもね。できる人なのに、そういうしがらみがあるのはお気の毒だけど」

「そうね。有馬さん、妊娠してないのかな。男の子を生んだもの勝ちだったりして」

妊娠……？

賢太さんとの間に赤ちゃんができたらいいなと思ったことはある。でも、後継ぎがどうとかなんて考えたこともなかった。

元気に生まれてくるだけではダメなの？　いきなり後継ぎという重圧を背負わされるの？

結婚を条件に出したお父さまなら、孫の存在に注目しても不思議ではない。

いや、そういえば……。お父さまの誕生日の日、学さんも『妻の次は跡取りでしょう』と口にしていた。あのときはだまされたというショックで頭が真っ白になり、そこまで気が回らなかったが、赤ちゃんまでもが出世のための道具にされる世界なのだ。

賢太さんは……どう思っているの？

『社長就任のレースから降りる』と言った彼だけど、どこまで本気なのだろう。もし、まだ社長就任を狙っているとしたら、やっぱり後継ぎになる可能性がある赤ちゃんを望んでる？

でも……自分の子を社長就任の切り札のように扱うのは絶対に嫌だ。賢太さんが私との婚姻の継続と幸せな家庭を望んで、その先に出産があるのならうれしいけれど、出世のために生むなんて考えたくもない。

「弟は――」

まだ話は続いていたが、それ以上聞きたくなくてその場を離れた。

悶々とした気持ちで仕事を始めたものの、集中できてないせいか、西村さんに「調子悪い？」と尋ねられるありさま。賢太さんに仕事のときは普通に振る舞ってほしいと頼んだのに、公私の線を引けていないのは私のほうだ。

「大丈夫ですよ。カフェバーのことを考えていて」

「有馬、仕事抱えすぎじゃない？　夫婦そろってだけどさ」

「柳原さんはともかく、私はポンコツなんですよ。しょっちゅう鬼に角が生えているでしょう？」

気分を変えたい私は、わざとおどけて頭に指を突き立てて見せた。

「角なぁ。午後の会議が……」

「そうでしたね。私もフォローします」

実は大学内のカフェの件で問題が生じたのだ。それを午後の会議で話し合う予定なのだが、後継ぎの話を聞いた私は頭からすっかり抜けていた。

こんなことじゃダメだ。いい加減な気持ちで仕事をして、大好きなフィエルテの足を引っ張りたくない。

「後輩にフォローしてもらうとは情けない」

「西村さんはいつも助けてくださるじゃないですか。この件も、本当は私がやるべきだったんですし」

「頑張ろうな。打倒、有馬の夫！」

「あははは。頑張りましょう」

西村さんは私が賢太さんと結婚したと知ってからも、今までどおり接してくれてうれしい。

彼とこぶしを突き合わせて気合を入れたあと、私はようやく仕事に没頭し始めた。

午後からの会議では、予想どおり賢太さんから大きな雷が落ちた。

「西村、この席の配列でＯＫをもらったんじゃないのか？」

「それがですね……」

西村さんは賢太さんから指摘を受けて、たじたじだ。完全に萎縮して、テンパっている。それくらい賢太さんの剣幕はすさまじい。

「私から補足します。昨日、大学の担当者から席の間を詰めるようにと指示されまして」

私は西村さんに代わって、モニターに新しい案を映して説明を始めた。

もともと私と西村さんは、賢太さんに指摘されたように、テーブルの間隔を広めに設定して提案書を作った。それを西村さんが大学に持っていったのだが、席の間を詰めた配置を示されて帰ってきたのだ。

「こちらのほうが回転率がいいということで……」

今回は大学構内の敷地を使うため、売り上げに応じてマージンを支払う契約になっている。大学側ももうけたくて口を挟んでくる。

「大学の担当者は、カフェ経営は素人だ」

賢太さんのひと言で、場の雰囲気が完全に凍りついた。

「有馬。お前はこれでいいと思っているのか？　客が大学生だからといって適当にあしらってもいいのか？　幼稚園児であろうがお年寄りであろうが、フィエルテにとっては大切なお客さまだ。客のために店舗展開を考えられない社員はいらない」

賢太さんの叱責に、西村さんは青い顔をして唇を噛みしめている。

「……おっしゃるとおりです。居心地の悪い店はフィエルテではありません。これからすぐに行って、直談判してきます。西村さんも前の案を通したいんです。でも大学側にごり押しされたのでここで判断を仰いでいるだけです。お客さまのことを考えていないわけではありません」

「有馬、いいから」

小声で西村さんが私を止めるが、これは言っておきたい。

「そうだな。すまない、西村。有馬と西村の提案は、ここで了承されている。俺が全責任を持つから暴れてこい」

私の発言に納得したらしい賢太さんは、私たちを鼓舞する。

「了解です」

私はすぐに西村さんと一緒に会社を飛び出した。

車を運転しながら西村さんが口を開く。

「有馬、ごめんな」

「いいえ。柳原さんは、ちょーっと威圧的ですけど、話せばわかるんです。それに厳しいのもフィエルテを大切に思っているからこそ」

そんなふうに話しながら、やはり賢太さんは柳原家への復讐の気持ちだけでフィエルテを引っ張ってきたわけではないと感じた。お母さまの無念を晴らすためにフィエルテの業績を伸ばしたいのであれば、今回も大学側の意見を通せばいい。客数が増えて売り上げもアップするだろう。先日のコールドブリューやネルドリップも然り。それぞれ時間や手間がかかるので、当然人件費がかさむ。それでもチャレンジしてみろと言う彼は、フィエルテをとても大切に思っているのだ。

「わかってるけど、怖いんだよね。全部正論だし……。有馬、毎日一緒ですごいな。私生活は甘かったりする？」

「それが不器用なんですよ」

「は？」

間が抜けた声を出す西村さんは、きっと不器用な賢太さんなんて想像できないんだろうな。

「なんでもないです」

食事中、私への質問を必死に考えていた賢太さんが脳裏に浮かぶ。でも、あんな顔を知っているのは私だけでいい。

私は、これからどうしたらいいのだろう。賢太さんがどんな行動をして、どんな誠意を見せてくれたら納得できるの？

ＹＢＦコーポレーションの社長のイスをあきらめたら？　なんだかそれは違う気がする。

もし、彼がフィエルテを大切に思っていて、これからも育てていきたいのなら、さらに上の立場に収まって引っ張るのもいい。決して妥協をせず、自分にも厳しい賢太さんが作る会社の未来を見てみたい。

私との婚姻関係を続けるために、社長就任をあきらめさせたら後悔しない？　でも、彼の出世のために赤ちゃんをつくるのは絶対に嫌だ。

あれこれ考えたものの、答えはすぐに出そうになかった。

私たち夫婦の生活は完全に元どおりとはいかないけれど、賢太さんは随分私に気を使ってくれている。それも最初はぎこちなかったが、同居を再開してしばらくすると雰囲気が和(なご)んできた。

会社が休みの土曜の朝。

私は少し寝坊して九時過ぎに目覚め、まだ隣で眠っている賢太さんを起こさないように気をつけてキッチンに向かった。

「なににしようかな……」

冷蔵庫を覗きながら朝食のメニューを考え、サンドウィッチを作ることにした。

私が一番好きなサンドウィッチは、ふわふわのたまご焼きを挟んだたまごサンド。これを以前賢太さんに振る舞ったら、あっという間になくなったのを思い出したのだ。

調理を続けていると賢太さんがキッチンに入ってきたが、ちょうどたまごが焼きあがったタイミングだったので振り向けなかった。

すると彼は私のところまでやってきて、背中から抱きしめてくる。

「俺の好きなやつだ」

「ちょっ……フライパン、熱いですから」

いきなりのスキンシップに照れてしまい、フライパンのせいにして離れようとしたのに、彼は解放してくれない。

「あと三秒だけこのままでいて」

私の肩に顎を乗せ、甘えた声で言う彼の姿は貴重すぎる。

「いーーーーーーーーち」

「長くないですか？」

賢太さんの一秒がすごく長い。でも、彼に抱きしめられていると、照れくささ以上にうれしさがこみ上げてきた。

「こうしていたいんだ」

耳元で甘くささやかれ、心臓が暴れだす。鼓動が彼に聞こえていないか心配になるほどに。

「で、でも、こうしてたら食べられないですよ？」

「しょうがないな」

「ん……」

手の力が緩められたと思ったら、いきなり耳朶を甘噛みされて変な声が漏れてしまった。

「ヤバいな。その声」

ダメだ。心臓が口から飛び出してきそうだ。

どうしていいかわからず固まっていると、私が持っていたフライパンを、彼がコンロに戻してくれた。

「コーヒー淹れる」

「は、はい。お願いします」

そういう雰囲気になるのかと思いきや、拍子抜けだ。

私ったら、なにを期待しているんだろう……

顔が真っ赤に染まっている気がした私は、彼に背を向けてサラダを作り始めた。

「いただきます」

ふたりで一緒に手を合わせて食事を始める。

賢太さんが淹れたブレンドで一日のスタートを切れるのは本当に幸せ。立ち上る湯気に鼻を近づけてたっぷり香りを楽しんでからカップに口をつける。

「んー、今日もおいしい」

コーヒーを喉に送ってそう漏らすと、賢太さんは優しい笑みを浮かべてサンドウィッチを頬張った。

「あー、これだ。早緒莉の味。すごくうまい」

再び一緒に暮らし始めてから、彼は料理の感想を口に出してくれるようになった。

会社での凛々しい表情とは違い頬を緩めてパクパク食べ進む賢太さんは、関係の改善のために私のご機嫌取りをしているようには見えない。本当においしそうに口に運ぶ彼の姿は、とても気持ちがいい。

あっという間にひとつ食べ終わった彼が、私が食べる姿を幸せそうな顔でじっと見てくる。それが照れくさくてたまらず、視線を合わせられなくなった。

彼はサラダに手を伸ばしながら、思いついたように口を開く。

「そうだ。早緒莉、デートに行かないか？」

「デート⁉」

思いがけない提案がうれしくて、大きな声が出てしまう。

以前一緒に暮らしていたときは、週末も書斎にこもって仕事をする彼に、デートをしたいと言い出せずにいた。それなのに、彼から誘ってくれるなんて。

「うん。どこか行きたいところある？」

そう言われると迷ってしまう。

水族館もいいし、映画もいい。プラネタリウムという手もある。

賢太さんみたいな大人の男性はどこがいいのだろう。

「うーん。どうしよう」

「行きたいところは全部行けばいい。これからずっと一緒にいるんだから」

ずっと一緒……

彼が全力で私を大切にしてくれようとしていると伝わってきて、にやけそうになった。

「それじゃあ、今日は映画がいいです」

「了解。映画、久しぶりだな。なにやってたっけ……」

「食べたら検索してみましょう」

食事の間、こんなにプライベートの会話が弾(はず)んだのは初めてだ。賢太さんはこうした話が嫌いなわけでも、黙々と食べるのが好きなわけでもなく、こういう場でどんな話をしたらいいのかわからなかったのかもしれない。

両親と笑い合い、ときにはケンカをしながら食卓を囲んでいた私には信じられないが、彼の日常にはこうしたひとコマがなかったせいで、ずっと戸惑っていたような気がした。

デートでは、賢太さんと同じ時間を共有できることが楽しくて、気分が弾んだ。

私……自分が感じていたよりずっとこうした触れ合いをしたかったんだな。

相談して決めたファンタジーものの映画では、ホロリと涙がこぼれてしまうような切ないシーンがあった。すると彼は私の肩を抱き寄せて、そっとハンカチを渡してくれた。

映画のあとはカフェに。でもライバル社の視察ではなく、純粋に賢太さんとの時間を楽しむための時間が心地よくて、ずっと笑顔でいられた。

カフェを出てマンションに帰るのかと思いきや、買い物に行くという。欲しいものでもあるのかなと、駐車場に車を停めた賢太さんについていくと、入ったのは女性服のお店だ。

「賢太、さん？」

目を輝かせてハンガーにかけられている洋服を吟味し始めた姿に首をひねる。

「こんなのどう？」

「私の？」

「俺は、ワンピースはちょっと……」

思いがけない答えに噴き出してしまう。

「出かける前、なにを着ようか迷ってただろ？　俺とのデートのために考え込む早緒莉がすごくかわいくて、もっと悩ませたいと思ったんだ。だから今日は山ほど買う」

デートの前、着ていく洋服選びに時間がかかり彼に選んでもらったからだろうか。そんなふうに言う。

悩ませたいから洋服を買うなんて私にはない発想だけれど、『すごくかわいくて』という言葉が照れくさくて、耳が熱い。

賢太さんとのやりとりに浮かれつつ、私は近くにあった膝上五センチほどのタイトスカートに手を伸ばした。

「これはちょっと短すぎる」

彼は眉をひそめてそう言ったあと、そのスカートを戻してしまった。

それほど短くないと思うんだけどな。

首を傾げていると、彼は口を開いた。

「早緒莉はただでさえいい女なんだから、短いスカートなんてはいていたら、じろじろ見られるだろ。不愉快だ」

意外な理由に驚いて、彼をまじまじと見つめてしまう。でも、不愉快という言葉に独占欲のようなものが垣間見えて、ちょっとうれしい。

「まさか。私をいい女だなんて誰も思いませんよ」

そう返すと、彼はなぜか不機嫌な顔をして私の手をつかんだ。

「お前はわかってない」

「ん？」

「俺が、どれだけ苦労して欲情を抑えてるのか」

欲情？

思ってもいなかった言葉が飛び出して、目をぱちくりさせる。

「今だって、こんな……」

彼は私の手を自分の心臓に持っていった。

「お前と一緒に出かけられると思うだけで、こんなにドキドキしてるのに」

えぇっ、嘘……。デートをして浮き立っているのは、私だけじゃないの？

手を放そうとしない彼に熱い眼差しを注がれて、私の心臓も暴走を始める。

「わ、わかりました。ミモレ丈にします」

なにがわかったのか自分でも不明だが、見つめられているのがくすぐったくてそう返した。

それから彼は、まるで自分の買い物をしているかのように楽しそうに洋服を選び始めた。

「これ、いいな」

賢太さんが私に当てて目を細めるのは、清楚なお嬢さま風のラベンダーブルーのワンピースだ。ウエストの位置でリボンを結ぶようになっている。

もっと大人っぽいものを選ぶと思っていたのに、かわいい系が好きなのかな？　彼が選んでくれた、今はいているパウダーブルーのフレアスカートもそうだし。

こうして一緒に歩くときは、ちょっと背伸びをして彼に見合った大人の女性のふりをしなければと思い込んでいたので少し意外だった。

私……柳原家で厳しい言葉を浴びてから、御曹司である賢太さんにふさわしい女性にならなければと肩に力が入りすぎていたようだ。でも、そんなことは望んでいないのかもしれない。

「私もこれ好きです」

「じゃ、試着して。……着替え、手伝おうか？」

私の肩に手を置いた彼に艶のある声でささやかれて、息をするのを忘れる。

「……だ、だ、大丈夫です」

なんなの、この色気は。離婚を言い出す前とはまるで違う彼の様子にタジタジだ。

「そう？　それじゃあ他にも選んでおく」

笑顔が絶えない賢太さんは、私を試着室へと促した。

結局、〝山ほど〟という宣言どおり、洋服を何着も買ってもらった。半分は彼の趣味。そして半分は私が選んだ。色に迷い「絶対こっちだろ」「こっちがいいですって」とふたりで言い合った時間がそれはそれは楽しくて、自分でもテンションが上がっていたと思う。賢太さんの顔もいつになくほころんでいて、パートナーとしての距離がぐんと近づいた気がした。

私の買い物だというのにあたり前のように荷物を持ってくれる彼は、スマートだ。こうした立ち居振る舞いを見ていると、上流階級の人なんだなと改めて思う。

車に乗り込むと、私は口を開いた。

「賢太さん、今日はありがとうございました。私、すごく楽しかった」

「俺も。買い物が楽しいなんて初めてだ」

少し興奮気味に話す彼は、弾けるような笑顔を見せる。

また初めて？　こんなにパーフェクトな人なのに、初めてが多すぎる。

もっと彼にいろんな喜びを教えてあげたい。家庭の温もりを、もっと……

「賢太さん。世の中にはたくさん楽しいことがあるんですよ。ひとりで楽しめることもありますけど、ふたりでないと味わえない楽しみもあるんです」

そう伝えると、彼は私をじっと見つめる。

私……たくさんつらい思いをしてきただろう彼が笑顔を見せてくれるのがうれしくて、もっとそれを引き出す手伝いがしたいんだ。

結婚を出世のための手段に使われたことに対する怒りが、すっかりなくなったとは言い難い。でも、賢太さんが反省しているのは伝わってくるし、なにより私との婚姻関係を続けていくために必死に努力しているのがわかる。そして、一緒にいる時間を心から楽しんでいるような彼を見ていると、無理して私に愛をささやいているわけではないと感じた。

きっと私は『早緒莉が好きだ』と告白されたときから、賢太さんが本気で私と生きていこうとしていることをわかっていたんだ。もし軽い気持ちだったら、邪な気持ちがあったと明らかになったときに、離婚して別の女性を捕まえていただろう。それなのに、グループトップの就任はあきらめてまで私をつなぎ止めようとしている。

だまされてしまったという悔しさから、なかなか彼の謝罪を受け入れられなかったが、私の気持ちはもうとっくに固まっているのだ。

彼と助け合いながら生きていきたい。この先、なにが起ころうとも隣で彼を支えたい。

賢太さんが好き、だから。きっと離婚を選択したら後悔する――

「私……。賢太さんと一緒に人生を楽しみたい。今日みたいにもっと感情を見せてください。楽しいときは声を出して笑えばいい。でも、悲しいときは泣いてもいいんです。苦しいときは助けてって叫んでもいい」

「早緒莉……」

「賢太さんは全部自分の中で解決するから、妻として手伝えることがないじゃないですか。私、賢太さんのそういうところ、たくさん知りたいです」

きっと幼い頃から我慢ばかりで、誰かに頼るということを知らないのだ。でも夫婦なら、楽しみだけでなく苦しみも共有して生きていきたい。

「そうか。うん……。ありがとう」

彼は神妙な面持ちでそう言ったあと、身を乗り出してきて私を抱きしめた。

「……今の気持ち、言っていい？」

「はい、もちろん」

「キス、したい」

体を離した彼は、私の顎（あご）を持ち上げる。

「……はい」

私が返事をすると、すぐに唇が重なった。

長いキスのあと、ハッと我に返る。

「……こんなところで」

周囲に人はいないものの、どこで見られているかわからないのに。

「早緒莉、帰ろう」

「はい」

彼はすぐに車を発進させたが、マンションまでの道のりは妙に恥ずかしくてなにも言えない。なんだか初めてキスをした高校生みたいだ。心臓がバクバクと大きな音を立てていて壊れてしまわないか心配になった。

巧みにハンドルを操る賢太さんもまた口を開かず、マンションに到着した。

部屋の鍵を開けた彼は、私を促して先に中に入れてくれる。しかしすぐに私を捕まえて壁に追いつめた。

「キスの続き、していい?」

「えっ?」

「抱きたい。早緒莉がたまらなく欲しい」

色情を纏った彼の表情に鼓動が速まっていく。

さっきのキスのせいか体が疼いて仕方がない。ううん、私はきっとこうして強く求められるのを待っていたのだ。

照れくさくて声には出さず小さくうなずくと、彼は唇を重ねてきた。

「ん……」

何度も角度を変えて続くキスは、どんどん熱を帯びていく。

「はっ」

離れた隙に息を大きく吸い込む。するとニットの裾から手を入れてきた彼は、大きくて骨ばった手でブラの上から乳房をわしづかみにして荒々しく揉みしだく。

「あ……っ」

首筋にかぶりつかれて声を漏らすと、彼はブラをずらして左のふくらみの先端を指で弾いた。

「早緒莉……好きだ」

熱い気持ちをぶつけられて、感情が高ぶっていく。これが嘘だとは思いたくない。いや、思えない。

「賢太さん……はぁっ」

彼はいきなり乳丘にむしゃぶりつき、隆起する尖りを舌で転がしてくる。体の奥がカーッと熱くなり、淫らな蜜があふれ出した。

咥えて転がし、ときには歯を立て……

「イヤッ……ふ……ぅん」

激しい愛撫のせいで、体がうねる。

スカートをたくし上げてショーツの中に手を入れてきた彼は、花弁を指で押し広げて奥に潜む青い蕾を指の腹で撫でた。

「は……ぁっ」

彼の首に手を回し、快楽に身を任せて悶える。

「ここ、いいんだ」

彼はとめどなくあふれ出てくる蜜を指に纏わせ、その指で敏感な突起をさらに攻めだした。

「んっ……ヤ……。それ、ダメ……あぁ、んは……っ」

必死にしがみついていないと、立っていられない。

快感が強すぎて腰を引いて逃げようとしても、彼は手の動きを止めず、それどころか再び口で乳房をもてあそび始める。硬く尖る先端をいやらしく舐め上げ、そして口に含んで軽く歯を立てた。

「あぁぁっ、感じちゃ……」

私は快楽のうねりに抗えず体を震わせ、声をあげた。

「この程度でへばるなよ」

私とは対照的に余裕の表情を浮かべる彼は、ストッキングとショーツを下ろしたあとスカートの中に潜り込んでくる。そして、私の右脚を軽く持ち上げ、指で秘唇を広げて花芽をいきなり舐めた。

「そんな……イヤぁ。恥ずかし……ひゃあっ」

「弾けそうだ。期待してる？」

「違っ」

否定したがその通りだ。もっと触れてほしい。イかせて、ほしい……

「あ……そこっ、んんん……」

チロチロと小刻みに舌を動かされて、腰が勝手にうねる。恥ずかしくてたまらないのに強い刺激を望む私は、無意識に彼の頭を押さえていた。

「はぁぁっ、イッちゃう……。賢太さ……」

「イッて。もっと喘いで」

「あぁぁ……んーっ！」

その瞬間、全身に快楽が走り抜け、体がガクッと震えた。

「ヒクついてる」

息を荒らげて放心しているというのに、賢太さんは途切れる間もなく攻めてくる。

肉食獣にロックオンされてしまっては、きっとどう頑張っても逃げられない。

彼は太ももに滴る欲液を舌で丁寧に舐めとり、泉のもとである秘窟の入口を舌でふさいだあと、ジュルッと音を立てながら吸い上げた。

「あん」

「あふれてくる」

一旦立ち上がった彼は、長い指をその中に入れ、少し乱暴にかき回す。するとクチュクチュという淫らな音が響き、さらに大量の愛液があふれてきた。

「指、増やすよ」

彼はそう言いながら、今度は指を二本沈めて、肉襞をこすりだす。

「……そこは……はぁん。あっ……。また……」

私の弱いところを知り尽くしている彼に、再び絶頂へと導かれてしまう。

「イキそうなの？　いいよ、イッて」

「イヤぁ……あーっ！」

耳元で艶っぽくささやかれて耳朶を舐められた瞬間、達してしまった。

賢太さんは力が抜けた私を軽々支え、強く抱きしめる。そしてズボン越しに隆起したそれを押しつけてきた。

「早緒莉の顔を見ているだけでイキそうだ」

「そんな……」

彼はとんでもない色香を放った顔で私を見つめる。

「早緒莉。愛してる。一生俺だけのものでいてくれ」

どこか悲痛な懇願は、深い後悔を表しているかのようだ。

「賢太さん」

もうこのまま溶けてしまいたい。難しいしがらみなんて忘れて、ただ彼と混ざり合い、幸せを貪れたら……

私、どうしてこんなに彼を好きになったのだろう。失恋から救ってくれたから？

いや、違う。私はフィエルテに入社してから、ずっと彼の背中を追ってきたのだ。厳しくて何度も挫折しそうになったが、彼のフィエルテへの愛を強く感じていたのでついてこられた。私は怖いと言いながら、ずっと彼を尊敬していたんだ。その尊敬が愛に変わっただけ。彼と同じ目標に向かって走り続けられるのがうれしいのだ。

夫婦として同じ幸せを追求したい。社会的地位なんかより、ただ家族が笑い合って過ごせるささやかな時間が欲しい。

「嫌か？」

黙っていたからか、彼は心配そうに顔を覗き込んでくる。

「私……。賢太さんと幸せになりた……んっ」

答え終わる前に唇をふさがれた。今までの荒々しさは鳴りを潜め、ただ純粋につながっているのがうれしいような優しいキスから彼の愛が伝わってくる気がして涙目になる。

「早緒莉」

しばらくして離れた彼は、私の名を優しく呼んだ。

「はい」

「好きだ。必ず幸せにする」

「……はい」

うなずくと、彼は私を抱き上げて寝室に向かう。

大きなベッドに下ろされた瞬間、再び熱い唇が重なった。

情熱的な口づけは甘く、そして淫らだ。互いの唾液が混ざり合い、口の端から滴り落ちる。

たっぷりキスを堪能した彼は、私のニットを一気に脱がせた。中途半端にずらされたブラから左胸だけが露出していて、なんだかとても卑猥だ。隠したいのに腕をつかまれてできず、彼の餌食となる。

彼は上目遣いで私を見つめながら、胸の尖りを舌でつつく。そして口に含んだかと思うと、それを吸い上げ、熱を帯びた舌で包み込んだ。

「あ……んっ」

与えられる快楽が、いとも簡単に私の理性を蝕んでいく。

「早緒莉、俺を見て。俺がお前を抱いているんだと目に焼きつけて」

残されたブラの肩紐を払った彼は、ほんのり上気した顔で言う。

「賢太さ、ん……っあぁっ」

彼の名を口にした瞬間、乳房の中心で硬く主張する先端を甘噛みされて、背をしならせる。胸への刺激だけでイッてしまうのではないかと思うほどの強い愉悦に思わず逃げたが、かえって腰を引き寄せられてしまった。

「逃がさないよ」

「キス、して。お願い、キス――」

たまらなくキスが欲しくなり懇願すると、顎を持ち上げられて激しいキスが降ってきた。

「はっ」

時折唇が離れる隙に息を吸うが、それではとても足りない。体は酸素が欲しいと悲鳴をあげているのに、心は彼と離れたくないと叫んでいる。

「好き」

ずっと一緒にいたいの。あなたと同じ未来を見ていたい。

感情が高ぶっているせいか、涙がこぼれそうになる。

「早緒莉、愛してる。愛してるんだ」

しっかりと目を見て伝えてくる彼は、うなずく私の目から涙があふれたのを見てまぶたにキスを落とした。

「メチャクチャにして。賢太さんでいっぱいに、して」

恥ずかしいお願いをすると、彼は優しく微笑み「言われなくても」と私の下唇を食むむ。そしてそのあと、私の両手をシーツに縫いとめた。

「きれいだよ、早緒莉」

その言葉を合図に、激しい行為が始まった。

首筋に舌を這わせて鎖骨にたどり着いた彼は、そこを強く吸い上げる。

「俺だけの、俺だけのものだ。誰にも渡さない」

独占欲をあらわにされて、胸の奥がキュンと疼く。

「賢太さんは……私のもの？」

「当然だ。嫌だと言われても離れるつもりはない」

ああ、いろんなことがありすぎて涙腺が弱くなっているのかもしれない。再び視界が曇ってきて、彼の顔がよく見えなくなった。

体のいたるところに花を散らされ、そのたびに甘い声が漏れてしまう。

——食われる。

今まで何度かそう感じたが、今日もそうだ。獣と化した彼は、逃げる私を許さず執拗に舐る。

彼はあっさりスカートを脱がせたあと、いきなり私の脚を大きく割って体を滑り込ませた。そして、濡れそぼる蜜壺に指を入れて中をかき回しながら、秘核を舌で転がす。

「あ……んふっ……ま、待って……またイッちゃ……」

強い刺激に襲われてなにかが弾けそうになり、シーツをギュッと握りしめる。すると彼は、チロチロと舐め上げていたそこを唇で軽く食んだ。

「んぁっ！」

その瞬間、快楽の波が最高潮に達し、はじけ飛ぶ。

「止まらないな」

彼は指を抜き、私の淫らな液でぬらぬらと光るそれをペロリと舐めた。

「おいで」

洋服を脱ぎ捨ててベッドに横たわった彼は、私を自分の上に誘導する。

滾る欲棒が達したばかりの敏感な部分に触れて、「あっ」と小さな声が漏れた。すると私の腰をがっしりとつかんだ彼は、私の秘部に脈打つそれをこすりつけてくる。

「ヤ……」

なに、これ。接する部分が熱くて、たまらなく気持ちいい。

「はっ、あっ……は……」

こんな行為ははしたないと心が叫んでいるのに、離れたくない。もっと刺激が欲しくて、彼の厚い胸板に手を置いて必死に腰を動かした。

ふいに、彼が私の顔をまじまじと見つめているのに気がつき、恥ずかしさのあまり少しうつむいて髪で顔を隠す。すると彼は私の髪を耳にかけた。

「隠すなよ。お前がよがってる姿、興奮する」

「見ないで」

羞恥心（しゅうちしん）を煽（あお）られて、まともに彼の顔なんて見られない。視線を外（はず）して動きを止める。

「かわいいな、お前は。でも、淫（みだ）らなお前もいい」

「んっ……あぁぁ……っ」

今度は彼が激しく動き始めた。

彼の怒張の先から漏れるぬらぬらとした先走りと、もう太ももを濡らすほどあふれている私の淫液がグチュッという音を立て、淫靡（いんび）な空気を作り出す。

「はー、挿（い）れる前にイキそう」

色香を纏（まと）う賢太さんが苦しげに吐き出した。

「いい、ですよ」

「ダメだ。早緒莉の中に入りたい」

彼は上半身を起こすと、サイドテーブルから避妊具を取り出し、私からあふれた液体で濡れた肉茎に素早くつける。そしてもう一度寝そべり、私の秘窟の入口にそれをあてがった。

「自分で挿れてみて」

「えっ？」

「ゆっくりでいい。おいで」

とんでもなく恥ずかしい要求をされているのに、火照った体は従順に動く。先端がめり込んだだけで「あっ」と声が漏れるほどそれを欲していたようだ。

ゆっくりゆっくり滾りを呑み込んでいく。すると、彼は情欲を煽るような表情で、ふー、と大きく息を吐き、私の太ももを強くつかむ。

「あぁ、いい」

熱い楔を根元まで咥え込むと、それを待っていたかのように激しく突き上げられる。ギシッギシッというベッドのしなる音がなんとも淫らで、感情がますます高ぶっていく。

「ヤ……あ……っ、ん……はぁっ」

動きに合わせて漏れる嬌声は、とても我慢できるものではない。

これ以上淫楽に堕ちるのが怖くなり、彼の腕に爪を立ててしまった。しかし彼は律動を止めるどころかさらに動きを大きくして、容赦なく肉杭を打ち込んでくる。

「あーぁっ！　壊れる……」

激しすぎる行為に思わず漏らすと、体を起こした彼は私を強く抱きしめ、さらに動きを速める。

「お前を壊したい。壊して食ってしまいたい」

「んはっ」

いっそう深く腰を送り込まれ体をのけぞらせた瞬間、つきだすような形になった乳房を食まれた。

もう、なにがなんだかわからない。

彼は今度は私を寝かせ、脚を持ち上げてより深くつながろうとする。私は枕に顔をうずめて、今にも来てしまいそうな絶頂を逃そうとした。しかし、とてもこらえられるものではなく、すぐに快楽が駆け抜ける。

「あぁぁぁ」

「今日はすごいな。イキっぱなしだ」

余裕の表情をしているのかと思いきや、彼も悩ましげな顔をしていた。

「中、うねってる。持っていかれそうだ」

深く息を吐いた彼は、一旦蜜窟の入口のほうまで滾りを抜いたかと思うと、今度は一気に最奥まで送り込んできた。

「あん！」

「あぁ、止まんない」

彼は淫欲をむき出しにして、動きをより激しくする。ベッドのスプリングが軋む音がどんどん大きくなっていく。

「んんんっ……。や、やめて……奥当たって……」

「つらい？」

「感じちゃう」

本音を漏らすと「もっと感じて。俺で壊れて」と彼はささやき、奥をさらにえぐった。

彼の割れた腹直筋に玉のような汗が流れるのは、激しすぎる行為のせいだ。そして私の体が真っ赤に染まっているのは、彼が繰り出す快楽に溺れかかっているせい。

賢太さんが剛直を打ち込むたびにヌチャッ、グチュッという淫らな音が響いて恥ずかしくてたまらない。けれど、彼を求める気持ちが止まらない。

「はっ、はっ……」

悩ましげな表情の彼も、呼吸が荒くなってきた。

「あー、イキそうだ」

情欲を煽る彼の声が、私の感度をさらに上げる。

「け、賢太さ……あぁっ、あぁぁ！」

「んんっ」

彼の腕をつかみ名前を呼んだその瞬間、私の中の怒張が一気に爆発してドクドクと欲を放った。

私の上に頽れる彼は、乱れた息遣いを隠すことなく抱きしめてくる。

「早緒莉。好きだ」

これほど愛をささやかれたのはきっと初めてだ。

大丈夫。私は愛されている。そう感じて胸がいっぱいになり、再び視界が滲んできた。

「ごめん。お前を抱けたのがうれしくて激しくなった」

彼は心配そうに私の顔を覗き込み、まぶたに口づけを落とす。

「大丈夫」

私だってうれしかった。彼の人生に様々な問題があっても、私への愛はきっと本物だと確認できたから。

「賢太さん、もう隠しごとはしないで」

「ああ、約束する」

私の手の甲に唇を押しつけ、彼は優しく微笑んだ。

中から出ていった彼は、避妊具の処理をしたあと私を腕の中に誘（いざな）う。

「ひとつ、聞いてもいいですか？」

「なんでもどうぞ」

隠しごとをしないように要求した自分が不安を抱えたままでいるのはフェアじゃない。

答えを聞くのは少し怖いけれど、私たちが夫婦として前に進むには必要な質問だ。

「学さんの奥さまが妊娠されたと聞いたのですが……」

まず、それが真実なのかどうか確かめたい。

思いきって切り出すと、体を離した彼は私の顔をしっかり見つめて口を開く。

「そうだ。妊娠したらしい」

「そう、ですか。後継ぎができれば社長のイスが近くなるんじゃないかと話していた人がいたんですけど……賢太さんも欲しいですか？」

とうとう訊いてしまった。どんな返事がくるのかわからず、緊張が高まっていく。

「……俺は、早緒莉との子が欲しいよ」

彼は視線をそらすことなく話す。その表情は真剣で、私としっかり向き合おうとしてくれているのがわかった。

「だけど、後継ぎが必要だからなんて考えてない。子供を切り札にするなんて、俺には考えられない」

彼がはっきり言うのを聞いて、胸を撫で下ろした。

「でも、後継ぎがいないと社長になれないとしたら？」

「もう、ＹＢＦコーポレーションの社長にこだわるつもりはない。俺は、早緒莉と幸せな生活を送りたいだけなんだ。だから社長になるために子づくりしようなんて思わない」

今日、彼はなにも言わずとも避妊してくれた。いまもまだ社長の座を狙っているのなら、きっと避妊しなかっただろう。きっと彼の言葉は真実だ。

そんなことを考えていると、彼は突然ハッとした様子で続ける。

「でも俺、つけなかったことあるよな。ごめん。早緒莉の誘惑に勝てなかった」

「私の誘惑？」

「そう。早緒莉はいつも俺を誘う。こんなに色っぽい唇をして」

彼はそう口にしながら私の唇を指でなぞる。

あなたが纏う空気のほうが、ずっと色っぽいんですけど！

「さ、誘ってなんて……」

「俺はいつも早緒莉に欲情してるんだ。会社で我慢してるのを褒めてもらいたいくらいだ」

「ええぇっ！」

険しい顔で雷を落とすくせして、欲情って。そのふたつは共存できるの？

そんなバカなことを考えて、目を丸くする。すると彼はふと笑みを漏らした。

「もし早緒莉が許してくれるなら、いつか子供をつくって家族で笑って暮らしたい。そうなれるよう努力する」

ひしひしと彼の本気が伝わってくると同時に、心が穏やかになっていく。

でも、彼がずっと抱いてきたグループトップ就任の希望を、あっさり捨てさせてしまっていいのだろうか。

きっと彼は、二度と社長になりたいとは言わないだろう。それなら私が切り出すしかない。

「賢太さん」

「ん？」

「本音で話してくれますか？」

「もちろんだ」

彼は不思議な顔をしつつも大きくうなずき、上半身を起こして枕を背にして座った。私も布団を体に巻きつけ、彼にぴったりとくっついて並ぶ。

「どうした？」

私の頭を自分の肩にもたれさせた彼は、優しい手つきで髪を撫でてくれる。

「ＹＢＦコーポレーションの社長の件ですけど、本当にあきらめても後悔しませんか？」

「もういいんだ。早緒莉より大切なものはないとわかったから」

賢太さんはそう繰り返す。

「それはうれしいです。でも、本音ですか？」

問うと、彼の手がピタリと止まり、空気が張り詰めるのがわかる。

「本当は……トップに立ちたい。母の受けた屈辱を晴らしたいという気持ちもあるが、今は兄や弟がトップに立ったあとのフィエルテに不安があるんだ」

そうか。賢太さんを目の敵にしている学さんや誠さんが親会社の社長に就任したら、フィエルテも今のままというわけにはいかなくなるのか……。

「このまま存続させてはくれないだろう。おそらく、弟の会社に吸収させるつもりだと思う。俺が追い出されるのは構わないが、フィエルテが大切にしているこだわりを維持できなくなる。今はこぞと思うところにコストをかけているけど、誠は利益至上主義だ。早緒莉が手がけているカフェバーも頓挫するかもしれない」

フィエルテのよい部分が失われるなんて考えたくもない。それに……。

「賢太さんがいなくなったフィエルテに、未来なんてないです」

部下から恐れられる賢太さんは、目の上のたんこぶ扱いをされることもあるけれど、彼がいなければ今のフィエルテの発展はなかったはずだ。

「早緒莉……」

　彼はしばらく黙り込み、なにかを考えている様子だ。

「俺……母への侮辱が許せなくて、兄や弟より上に立つと意固地になっていたところはある。だけど早緒莉と一緒に仕事をしているうちに、別の目標もできた」

「なんですか？」

　目を見て問いかけると、彼は小さくうなずき、話し始める。

「兄が率いる柳原物産は食品輸入のエキスパートだ。だけどフィエルテが使う豆は別ルートで手に入れていてコストがかさんでいる。ボヌーラも同じで、食材は別ルートだ」

　ボヌーラは弟の誠さんが勤める会社が手がけているレストランだが、あちらも柳原物産を使っていないのか。

「そうでしたか。ボヌーラはフィエルテよりはるかに輸入量が多いんじゃないですか？」

「うん。総料理長がフランス人で、こだわりがある食材は輸入している。だからかなりの額になるし、中間マージンもバカにできない。そこで、三社が手を組んでやっていけたらと思っているんだ」

　つまはじきにされている賢太さんが、兄弟の会社と手を組みたい、と言い出すなんて驚きだ。しかし今の話を聞いていると、それが最も効率的だと思える。

「柳原物産と直接システムをつないで発注を済ませればタイムロスもなくなるし、フィエルテもボヌーラも高い中間マージンを払わなくて済む。柳原物産は人員を割(さ)いて御用聞きをしなくても、フィエルテやボヌーラから注文が入る。悪いことはひとつもない」

賢太さんの言うとおりだ。なぜ今までそうしてこなかったのか不思議なくらい。

「それを実現できるのは、三社を管理するＹＢＦコーポレーションしかない。今のＹＢＦコーポレーションは三社を傘下に置きながらうまく機能していないように思う。経営戦略を練りはするが、結局は三社それぞれの意見が強い。しいていえば新卒採用と経理部門が活躍しているくらいだ」

フィエルテしか見えていなかった私は、グループがそんな問題を抱えているなんて知らなかった。

「兄弟が協力し合えば、グループは一層発展を遂げるだろう」

彼の口から出た『兄弟が協力し合えば』という言葉は、とても重い。過去の経緯を考えるに、絶対にそんなことはしたくないだろうから。それでも賢太さんはその道を目指そうとしているのだ。

「早緒莉がフィエルテのために知恵を絞って新しいことにチャレンジし続ける姿を見ていたら、過去にとらわれてばかりの自分が恥ずかしくなった。ただ、一番大切なのは早緒莉なんだ。お前を失うくらいなら、なにもいらない」

彼は同じ言葉を繰り返す。

「……わかりました。離婚させていただきます！」

「えっ？」

唐突に宣言すると、彼の目が真ん丸になった。

「賢太さんが、私のためにトップに立つのをあきらめるなら、離婚です。これは決定ですから絶対に覆しません」

「早緒莉？」

「もがいてダメなら仕方ないですけど、大きな志（こころざし）があるのに最初から試合放棄する賢太さんなんてらしくない。私、一緒に闘いますから。賢太さんの部下として、ううん、妻として、できることはなんでもします」

彼の内に秘めた野望を聞いて、完全に心が決まった。お母さまの苦労を思えば、その無念を晴らしたいと思うのは当然だろう。けれども、それより未来を見始めた彼についていきたい。

「でも……」

賢太さんは困惑をあらわにするが、私は本気だ。

「きっと天国のお母さまは、今の賢太さんを見て誇らしい気分だと思います。賢太さん、離婚しますか？　しませんか？」

笑顔で尋ねると、彼はふと口元を緩める。

「するわけないだろ。早緒莉は俺の女だ。一生俺だけの」

彼は私の肩を抱き寄せて、熱い唇を重ねた。

幸せな未来のために　Ｓｉｄｅ賢太

早緒莉という最高の味方を手に入れた俺は、それからよりいっそう仕事に邁進した。グループの社長として指揮を執るという目標は引き続き追い求めるが、仮に就任できなかったとしても、フィエルテが単独で存続できる規模まで押し上げたいのだ。

すでに伸び率は三社の中で断トツトップをひた走っているし、もう少しで柳原物産やボヌーラの経常利益を超える。経常利益で二社を上回れば、さすがにボヌーラに吸収させるわけにはいかなくなるだろう。新たな挑戦を続ける早緒莉たち部下の場所を守りたい。

「大学側にはこちらの要求をすべて呑んでいただきました。もうこのまま走ります。野菜ジュースのラインナップもそろいまして、あとはコーヒーがどれくらい出るかが勝負です」

一課の会議で早緒莉が生き生きと話す姿に鼻が高くなる。早緒莉は、妻としても部下としても一流だ。

「西村、それで勝算は？」

「もちろんあります」

最初はおどおどしていた西村の目も輝いている。早緒莉と一緒に行動しているうちに自信をつけたのだ。

早緒莉は、無謀な計画を押しつけても、とりあえず「やれます」と口にする。おそらく「やれます」と答えることで、自分にできると言い聞かせているのだろう。それを全部実現させてしまうのが彼女のすごいところなのだが。

「それじゃあ、オープンまでしっかり頼むぞ。有馬、カフェバーの進捗(しんちょく)も聞かせてくれ」

「はい。先日視察に行ったとあるカフェバーは連日満員ですが、売り上げが芳(かんば)しくないようでした。なぜなのか調べてみたところ、料理の注文数に対して飲み物の出る数が少ないのではないかと思われます。それで――」

最近、彼女と一緒によくカフェバーに赴(おもむ)いている。仕事に役立てるためではあるけれど、ふたりで過ごす時間はたまらなく心地いい。それに、早緒莉をちょっと酔わせてからのセックスは、彼女が大胆になるので、最高のひとときだ。

「問題点は了解した。そこをどうするか早急に案を出してくれ。必ず成功させるぞ」

「はい」

「次、藤川(ふじかわ)が出していた新店舗の案だが――」

早緒莉が失敗を恐れずチャレンジを重ねる姿に影響された課員たちが、次々と案を出してくるようになった。無難に仕事をしていればいいという課の雰囲気がよいほうに変わりつつある。俺は彼女の夫でいられるのを誇らしく感じた。

遠くの山が赤や黄色の鮮やかな色を纏(まと)い始めた頃、いよいよ大学内のカフェがオープンを迎えた。

俺はオープン当日に視察に行ったが、大盛況だった。店舗スタッフのサポートとして走り回る早緒莉の笑顔が弾けている。正直夫としてはその顔をひとり占めしたいところだが、彼女発案の野菜ジュースが飛ぶように出ているので、目をつぶろう。

客席を回る早緒莉が、「ブレンドが最高においしいんですよ。今度是非試してくださいね」と売り込んでいる姿に胸が熱くなる。フィエルテの原点はやはりブレンドだ。彼女がそれを大切にしてくれるのがうれしかった。

売り上げ目標の三倍強という驚異の数字を叩き出したオープン翌日。会社に来客があり、俺は一階に下りた。

「柳原くん、久しぶりだね」

「元気そうだな。呼び出してすまない」

社屋一階の接客フロアで話を始める。

「内密にって言うから、ドキドキしちゃった」

彼女、阿部葉子は大学時代のゼミ仲間で、柳原物産に勤めている。南米担当の課にいると小耳に挟んだため呼び出したのだ。

「兄にはまだ知られたくないんだ」

「そんなところだと思ったわ。それで、コーヒー豆がどうしたって？」

フィエルテのブレンドにはブラジル産の豆を大量に使う。その豆を柳原物産で取り扱えるのか知りたいのだ。

「ここにリストがあるんだが、これを柳原物産で輸入できないか？」

「農園指定？」

「そう。そこはこだわりがあるから」

同じ豆でも農園によって多少風味が異なる。何種類も試した結果、採用した農園の豆なのだ。

「見たことがない農園の名前がいっぱいだね。でもなんとかなると思うよ。ちょっと時間くれる？」

「もちろんだ」

「でも意外だな。兄弟、仲が悪いって聞いたけど」

彼女はちょっと眉を上げて尋ねてくる。

周知の事実なんだな、そこは。

「悪いな。でもこれからなんとかする」

「そう。柳原くんがそう言うと、絶対叶いそう。交渉してみて連絡する。内緒でね」

口の前に指を立てた彼女は、おかしそうに笑う。

「よろしく」

立ち上がった彼女に握手を求めると、しっかり握ってくれた。まずは外堀を埋めたいので、彼女のように内密で動いてくれる存在はありがたい。

その後、玄関まで大学時代の話に花を咲かせながら見送った。

「ねぇ、大学の頃の五股疑惑って本当？」

「誰だよ、そんな噂流すの。嘘に決まってるだろ」

「えー、嘘なんだ。あり得ると思ってた」

阿部はクスクス笑っているが、くだらない噂を流された俺はいい迷惑だ。

「きれいな奥さんもらったらしいじゃない」

「まあ……」

なんとなく照れくさくて曖昧に濁す。

「いい男は得だよね。あっちから寄ってきてくれるでしょ？」

彼女に肘でつつかれるが、寄ってくるどころか最愛の女に逃げられそうになった俺は苦笑いするしかない。

「いや、俺が追いかけたほうだけど」

「ほんとに？」

驚く阿部が俺の顔を覗き込んだとき、ちょうど外回りから戻ってきた早緒莉と目が合った。

「あ……」

「どうしたの？」

「いや、なんでもない」

早緒莉は軽く会釈をしてすれ違っていく。余計な誤解をされていないだろうか。彼女の顔が引きつっているように見えたので心配になった。

「悪い、急ぎの仕事を忘れてた。俺はこれで」

「あっ、うん。それじゃあ」

俺は阿部と別れて早緒莉を追いかけた。エレベーターの扉が閉まる直前になんとか体を滑り込ませる。早緒莉は驚いた顔をしたが、すぐに視線を落としてうつむいた。

営業部のある五階のボタンが押されているものの、俺は三を押す。そして三階につくと早緒莉の手を引いて強引に下りた。

「柳原さん？」

早緒莉はいぶかしげな声を出しつつ俺の手を振り切ろうとするが、ここは無視だ。人のいない会議室に彼女を引き入れて鍵をかけた。

「怒ってる？」

「怒ってなんて……」

絶対に視線を合わせない彼女は、完全に阿部との仲を誤解している。

「それじゃあどうして不機嫌なの？」

彼女を壁に追いつめて問いただす。

「不機嫌じゃないもん」

子供のような言い方で反論してくる姿がかわいくてたまらない。

俺は壁に両手をついて彼女を閉じ込めた。

「嫉妬してる？」

「してない」

「うれしい」

本音を口にすると、彼女はハッとした様子で顔を上げる。

「早緒莉に嫉妬してもらえるなんて、最高だ」

「だから、違うって……」

キョロキョロ目を泳がせた早緒莉は、再びうつむいた。

「さっきの女性は柳原物産の南米の担当者だ。兄には内緒でコーヒー豆を輸入できるか探ってもらっている」

「でも、仲がよさそう……あっ」

彼女は口を手で押さえるが、俺はニヤついてしまう。

「やっぱり嫉妬してる」

「……そう、ですよ。賢太さんモテるから心配なの！」

照れくさそうに口を尖らせる姿は、会議中の凛々しさの欠片もない。こんな顔、誰にも見せたくない。

「バカだな。俺の目はお前しか見えないんだよ。俺がどれだけ惚れてるのか、そろそろわかれ」

早緒莉の顎を持ち上げて視線を絡ませると、彼女の耳がたちまち真っ赤に染まった。押し倒したい衝動に駆られるが、さすがに会社ではまずい。

「彼女は大学のゼミ仲間だ。ちなみに彼女の旦那とは同じグループで共同研究をした仲で、俺がキューピッド役」

といっても、阿部に「お前とデートしたいらしいぞ」と直球を投げたせいで、あとで叱られたのだが。うまくいったので、今となっては笑い話になっている。

「賢太さん、キューピッドなんでできるん……」

しまったという表情を浮かべる彼女は、慌てた様子で顔をそむける。

たしかに、そんなアシストをしたのは人生で一度きりだ。

「俺のことどう思ってるんだ？」

「いえっ、あのっ……」

慌てふためいているのがおかしい。俺は彼女の耳元で口を開いた。

「不器用だって？　その通りだな。会社なのにお前を前にすると、欲望を抑えられない」

わざとささやくように言うと、早緒莉はカチカチに固まってしまった。

「する？」

「す、するわけないでしょ！」

「なにを？」

「え……」

あんぐり口を開ける早緒莉をもう少しいじめたい。

「次の仕事を早緒莉が担当するか？　という相談なんだけど、早緒莉はなんの想像してるの？」

ああ、みるみるうちに顔まで赤く染まった。いつも強気なくせして、こういうところはウブなのだ。

「わ、私もそう思ってました。やっぱりします」

もうダメだ。笑いをこらえきれない。クスクス笑うと、彼女は「もう！」と言いながら俺の胸をトンと叩く。

「けど、うれしかったのも、欲望が止まらないのも嘘じゃない」

「えっ？」

「早緒莉が嫉妬してくれるなんて、幸せだ。お前の喘ぎ声、誰にも聞かせたくないから、これで勘弁して」

俺は彼女を引き寄せて唇を重ねた。

しばらく柔らかい唇を堪能してから離れると、色香を纏った早緒莉が照れくさそうに視線を外す。

そんな顔をされたら、本気で襲いたくなるだろう？

「体の火照りを抑えてから戻れ。あっ、協力しよう――」

「いいですから、お先にどうぞ！」

彼女に背中を押されて会議室をあとにした。


それから俺は、自分の思うように突き進み始めた。

提示したすべての農園と取引が叶いそうだと阿部から返事があったちょうどその日。とうとうフィエルテの経常利益が、グループ三社のトップに躍り出た。早緒莉が牽引する大学内のカフェが絶好調なのと、そのときに開発した野菜ジュースを他店でも提供したところ、ＳＮＳで盛んに取り上げられるようになり、売り上げが恐ろしいほど伸びたのだ。

断トツ最下位からの大逆転は、社員の士気も高めた。

「フィエルテに配属されたときは正直がっかりだったけど、こんな日が来るとは。もっと頑張ろ」

とある男性社員が漏らす。

新卒者はグループ一括採用のため、年によっては希望どおりの配属とはいかないときもある。

「なにががっかりだって？」

うしろを通りかかった俺がつっこむと、真っ青な顔をしている。

「なんでもありません」

俺は彼の肩をポンと叩いてから、周囲に視線をやって口を開いた。

「ここにいる全員を後悔させない。フィエルテはこれからますます繁栄していく。ここで働けることをうらやましいと言わせてみせる。そのためには皆の力が必要だ。これからも頼む」

俺がフロア全体に届くように大きな声で言うと、注目が集まる。

これは決意表明だ。グループトップに立とうが立つまいが、フィエルテをボヌーラに吸収なんてさせないし、誰もがチャレンジできる会社であり続けてみせる。

「柳原さん、かっこいい」

西村が茶化してくる。

「惚れるなよ。俺には愛する妻がいるから」

早緒莉をチラッと見て言うと、彼女は目をぱちくりさせた。

「え、柳原さん、そんなキャラ？」

「妻を愛せない男なんて、ダサいだろ」

「すごっ。一生ついていきます」

西村は感心しているが、あたり前だ。

「そんなことより、報告書出てないぞ」

「すみません、すぐ！」

西村が仕事に戻ると、他の部員のざわつきも収まった。


俺が大胆な発言をしたせいか、帰宅後、夕食を食べながら早緒莉が困り顔をしている。

「もう嘘はつかないって言っただろ」

「そういうことじゃなくて、黙っておけばいいんですよ！」

「会社で襲われるよりましだろ。抑制され続けると爆発するかもしれないぞ」

ポテトグラタンを口に入れた彼女が噴き出しそうになっているのは、熱かったからなのか、俺の発言に驚いているのか。まあ、間違いなく後者だろうが。

「好きなんだからあきらめろ」

「そんなキャラ？」

西村と同じことを言っている。

「お前が俺を変えたんだ」

「私が？」

彼女はきょとんとしているが、俺に与えた影響は大きい。

「そう。大切なものはきっちり押さえておかないと逃げられると教えられたからな。〝離婚させていただきます！〟は二度とごめんだ」

言わせないけどね。

「そんなに強烈でした？」

「あれより怖い言葉はない」

俺がわざと深刻な顔を作って言うと、彼女はおかしかったのか肩を震わせた。

「で、離婚されないために前に進もうと思っているんだが」

「どういうことですか？」

「父に呼び出された。兄も弟もだ。次の社長候補をＹＢＦコーポレーションの取締役に昇進させたいから、そろそろ決めるんじゃないか。次の株主総会で承認を取りたいだろうし」

早緒莉の顔が引き締まる。俺にグループトップの就任を勧めたくせして、自分が一番緊張しているのだ。

「早緒莉のおかげで、文句を言わせないところまで経常利益を持ってこられた。あとは全力でぶつかるだけだ」

そもそも、経常利益だとか業績アップ率なんて社長就任には関係ないのかもしれない。父は俺に継がせる気なんてまったくない可能性もある。しかし、闘うことはやめないし、フィエルテは必ず守る。

「はい。私は賢太さんにずっとついていきます。あっ、西村さんもついていくらしいですよ」

「アイツはお断りだ」

俺が顔をしかめると、彼女は口元を緩めた。

早緒莉が味方でいてくれる限り、俺はどんな努力でもできる。


その週の日曜日。俺たちふたりは柳原邸の応接室にいた。

この先の人生にかかわる話だから夫婦同伴でという指示があったのだが、早緒莉を傷つけられるのが嫌でひとりで向かうつもりだった。しかし、早緒莉は一緒に行くと譲らず、結局伴うことになったのだ。一緒に闘うと宣言した彼女は、有言実行しているのだろう。実際、心強い。

少し遅れて誠夫婦が、そのあとすぐに学がひとりで顔を出し、テーブルを挟んで俺たちの向かい側に座る。学は理恵さんが身重なのでひとりで来たようだ。

「久しぶりだね、賢太兄さん。役立たずの奥さんもご一緒で」

うすら笑いを浮かべる誠からいきなり失礼な発言をされ、顔が険しくなる。

「役立たず？　彼女は今月の経常利益を押し上げた立役者だが」

事実を伝えると、誠は眉をひそめた。

「それに俺が仕事に邁進できるのは早緒莉のサポートのおかげだ。発言を撤回してほしい」

たこのウインナーに、そして彼女が生き生きと働く姿に、どれだけ力を与えられているか知らないヤツになにも言わせない。

「それは失礼しました」

少しも反省の素振りがない誠だが、一応謝罪の言葉を口にする。早緒莉が心配で視線を送ったものの、彼女はまるでこうした牽制は予測済みというような涼しい顔をしていた。

「離婚しなかったんだね。奥さんも金目当てでしたか」

学が余裕の顔で吐き捨てるので、我慢できずに立ち上がった。母だけでなく早緒莉まで侮辱されては黙っていられない。

「彼女から金をせびられたことなど一度もない。それに早緒莉は、とても謙虚な女性だ」

「賢太さん」

俺が反論し始めると、早緒莉がそっと腕をつかんでくる。

「そう思われたいのでしたら、それで結構です。私たちの絆は私たちだけが知っていればいいので」

早緒莉の落ち着きぶりに驚いてしまう。

「どこが謙虚なんだ。随分偉そうですね。お育ちがよくわかります」

誠も参戦してくるが、早緒莉の表情は変わらない。

「お前は裕福な家庭に育ったくせに、人を蔑んでばかりだ。家柄などなんの意味がある」

俺が反論すると、誠は不機嫌を全開にして俺をにらむ。

「早緒莉は他人を傷つけたりしない。誠よりずっと立派だと思うが」

俺は語気を強めた。

それからすぐに父が入ってきた。会話を一旦切った俺たち一同は立ち上がり、挨拶をする。父がテーブルの中央につき、口を開いた。

「今日来てもらったのは、そろそろグループのこれからを決定したいからだ。三人とも業績アップに努めてくれた。フィエルテの伸びが顕著だな」

「ありがとうございます」

まさか父がフィエルテの名を最初に出すとは思わず驚いたが、ここからひっくり返される可能性もある。

「柳原物産は安定しているね。利益率も高い。ボヌーラは新規出店の調子がいいようだ」

父は持ってきた書類に目を落としたまま淡々と話す。

「私としては、三人の誰がグループのトップに立ってもやっていけると思っている。しかし、ひとりに絞らなくてはならない」

おそらく学も誠も、学が次期社長で決まりだと思っているはずだ。様々な条件から見て誠という選択肢はないし、おそらく婚外子の俺も分が悪い。

「提案があるのですが」

「なんだ？」

父が怪訝な声をあげたが、俺は立ち上がって話し始めた。

「現在三社は、ばらばらの方向を向いています。対立していてはグループの成長はありえません。三社が手を組み、新しい流通システムの構築をすべきです。例えばフィエルテのコーヒー豆を柳原物産を通して輸入するとか」

父は黙って俺の話に耳を傾けているが、学は顔色を変えて口を開く。

「断る」

「すでにフィエルテが希望するコーヒー農園との取引ができると確認済みです。これはフィエルテの利益になるだけでなく柳原物産にとっても――」

「他人の会社に口を出すな。愛人の子は黙っておけばいいんだ！」

学は自分の会社について言及されたのに腹を立てたらしく、真っ赤な顔をして声を震わせる。

「たしかに私は腹違いの息子です。これまで兄さんたちにさんざん蔑まれて卑屈な人生を歩んできました。でも、こんな私でも愛してくれる妻がいる」

早緒莉に視線を送ると、彼女は穏やかな表情でうなずく。

「ですから、これからは顔を上げて堂々と生きていきます。私はフィエルテがとても大切なんです。兄弟のいざこざで成長を阻むのは本意ではありません。三社が手を組んで業績を伸ばしていくことを促進してくれるなら、兄さんや誠が父さんのあとを継げばいい。でもこのまま対立し続けるつもりなら、私に社長をやらせてください」

俺がはっきり言いきると、学は俺をにらみつけ、誠はあきれ顔を見せた。

「なにかと思えば、社長に立候補とか。学兄さんにほぼ決まってるからって焦った？」

誠は鼻で笑うが、なにか言われるのは承知の上で来たので、特に腹も立たない。反論しない俺をあざ笑う誠はさらに続ける。

「奥さんがただの会社員じゃ、うしろ盾もないしね。背水の陣ってやつか」

「妻は最大の戦力だ。彼女の企画は次々と成功を収めていて、誰もがその実力を認めている。彼女がいなければフィエルテの未来はないと断言できる。最高のうしろ盾だ」

誠は家柄とか、妻の親族の会社の大きさとかを言いたいのだろうが、早緒莉はそんなものよりもずっと力になる存在だ。

またもや早緒莉を侮辱された怒りで拳を震わせていると、隣の彼女がすっと立ち上がった。

「突然口を挟んで申し訳ありません。先日、ボヌーラにお邪魔しまして、ランチをいただいてまいりました」

そんな話は聞いていない。驚いて早緒莉を見ると、彼女は俺に笑いかける。その表情が〝安心して〟と語っているようだったので、黙って見守ることにした。

「シェフがたまたま出てきてくださったので、おいしい料理のお礼を申し上げましたら喜んでくださいました。私がフィエルテに勤めていると打ち明けましたところ、お話が弾みまして」

「それがどうした」

誠が不機嫌に言い捨てる。

「その中で、ストラッチャテッラチーズの話題が出ました」

ストラッチャテッラチーズ？

聞き覚えのない名前に首を傾げると、誠は険しい顔をしている。

「とても人気だと聞いたので食べたかったのですが、なくなってしまって残念ですとお伝えしたんです。どうも、ストラッチャテッラチーズは賞味期限がとても短く、できたてをイタリアから空輸するしかないらしいのですが、今、ボヌーラが取引をしている商社ではそれが難しくなってしまったのだとか」

まさか……。早緒莉がなにを言おうとしているのかわかった俺は、目を見開いた。

「ですが、柳原物産でなら輸入できるそうです。これまで、このストラッチャテッラチーズを使った前菜を食べたい人の列が絶えなかったとか。こんな人気商品をグループ内でそろえられるなんて、さすがだと思いました」

実は少し前に、早緒莉に阿部の連絡先を聞かれたのだ。個人的に輸入を検討してみたいものがあると話していたので、また新商品を考えているのだと思った。しかし、おそらくこのチーズの件を問い合わせたのだろう。南米担当とはいえ、口利きくらいしてくれるだろうし。

「嫌みか」

誠は早緒莉をにらみつけて言う。

「とんでもない。平凡な家庭で育った私には、賢太さんを支えられるほどの力はないかもしれません。でも、そんな私でもよい案をひらめくことがあります。いえ、私だけでなく三社の社員全員がそうです」

早緒莉の話に耳を傾ける父をチラリと見ると、その表情がにこやかで、安堵する。妻が仕事に口を挟むことをよく思わず、出ていけと言われるのではないかと心配していたからだ。

「私は賢太さんが大切です。その賢太さんが作ろうとしている未来を守るためならなんだってできる。私の存在が賢太さんの足枷になるのでしたら、離婚させていただきます」

「早緒莉！」

とんでもない発言に焦り声をあげたが、彼女は穏やかな顔をしている。

「でも、賢太さんとずっと一緒に生きていきたいので、足枷になるつもりはありません。これは、平凡ないち会社員の、そして賢太さんの妻としての覚悟です。突然、失礼しました」

ああ、なんて女だ。これまでの数々の侮辱をたった数分で一蹴した。それだけではない。三社が手を組むべきだという俺の主張を、あと押ししてくれた。

「うるさいんだよ。なんの権限も持たないくせして、仕事の話に首をつっこんでくるな」

「誠、見苦しいぞ。やめなさい」

父が突然口を挟んだせいで、静寂が訪れる。

「早緒莉さんだったね。誠が申し訳ない」

「父さん！」

誠は身を乗り出し、焦りの声をあげた。

「賢太の言うことは、私も感じている。それぞれ、他の兄弟を蹴落とすことばかりで手を組もうという姿勢はまるで感じられない。ただ、この事態を招いたのは私だ。申し訳ない」

父が立ち上がり深々と頭を下げるのを呆然と見つめる。こんなふうに謝る姿は記憶にない。

「学、誠。賢太の母が亡くなっていきなり賢太を引き取ることになり、お前たちを傷つけたのは謝る。だが、罪のない賢太を蔑むのは間違っている。そして賢太。皆がつらくあたっているのを知りながらなにもできなかった。すまない」

まさか今までのことを謝罪されるとは思ってもいなかった俺は、とっさに反応できず固まっていた。

「いろいろ考えていたが、今のやり取りで完全に腹が決まった。次の社長を賢太に任せる」

「は？」

いきなりの発表に学が驚愕の声をあげる。誠も絶句して、あんぐりと口を開けていた。そして俺も、驚きすぎて息を吸うのを忘れそうになった。

「フィエルテは業績の伸び率、将来のビジョン、社員教育。どれをとっても頭ひとつ抜きんでている。それと、三社がタッグを組んでやっていくという姿勢は、私が望んでいたＹＢＦコーポレーションの未来そのものだ。賢太には素晴らしいうしろ盾がいるようだし。学と誠には、それぞれの会社のトップに就任し、賢太と協力してさらに会社をもり立ててもらいたい」

「お断りします」

学が顔を真っ赤にして怒りに震える声を出す。だが、父は揺らぎもしなかった。

「それならば、柳原物産の社長は現社長に継続していただく。そして次期社長は改めて選び直す」

三社の現社長は父の息のかかった人ばかりで、俺たち兄弟があとを継ぐまでのつなぎであると伝えたうえで、引き受けてもらっているようだ。柳原物産の社長はすでに定年を迎えているが、ＹＢＦコーポレーションの後継ぎが決まるまではとお願いして勤務してもらっているはず。

「あんまりです」

ドンとテーブルを叩いた学は、憤りを隠すことなく立ち上がった。

「そうだろうか。賢太の言うとおり、家族内のいざこざで最善の手を打てなければビジネスは失敗する。ライバルはいくらでもいるんだ。しかし、そのいざこざの種をまいたのは私だ。責めるなら私にしてくれ」

フィエルテの現社長は父の手腕を絶賛していたが、俺は正直言ってよくわからなかった。それは多分、母をないがしろにしたという恨みがあったからだろう。けれども低迷していたグループの業績を伸ばした父は、ビジネスマンとしては優秀な人なのかもしれない。

「兄さん、誠。どうか手を貸してくれないか？　早緒莉が話したように、フィエルテだけでなく、ボヌーラの食材の輸入も柳原物産で手がけてもらいたい。そのための新しい流通システムを早急に作るつもりだ」

すでに優秀なエンジニアには声をかけてあるし、その流通システムが完成すれば大幅に中間マージンが減らせるのも確認済みだ。たとえ俺がトップに立たなかったとしても、必ずこの仕事を成功させる。

「茶番だ」

怒りに任せて声を荒らげる学が目をつり上げたまま部屋を出ていくと、誠夫婦もあとに続いた。

「賢太。ふたりは私が説得する。これからのグループを頼めるか？」

俺が大きくうなずくと、父は満足そうに微笑んだあと、表情を硬くした。

「……静香（しずか）のことは申し訳ない。静香とは学生時代に付き合っていたんだ」

「えっ？」

母の話が父の口から出たのは初めてで、ひどく驚く。

「彼女との結婚を夢見ていた。だが、父はそれを許してくれず強引に別れさせられた。その後ボヌーラで働き始めた私は、店舗の建設を請け負ってくれた会社の社長令嬢との見合いを勧められた。それが今の妻、英子だ。ボヌーラを立ち上げたばかりの頃で資金繰りが苦しくて、援助が必要だった」

父は自嘲気味に語る。

「柳原家に生まれたからには政略結婚も仕方がないとあきらめて、承諾した。学が生まれたあと、偶然静香に再会したんだ。最初は昔話をしているだけだったが、英子の実家から常に見下されていた私は、静香と過ごす穏やかな時間が心地よくなってしまい、結婚したことは言わずに逢瀬を重ねた」

そんなのは勝手な言い分だ。母がどれだけ苦しんだと思っているんだ。

怒りがこみ上げてきて、唇を噛みしめる。

「静香が妊娠したと知って動揺した。英子の実家からの援助が絶たれればグループが総倒れになる可能性があった。だから――」

「腹にいた俺を殺そうとしたんですよね。……母さんはどんな気持ちで……」

父の言葉を遮った俺は、悔しさのあまり強い言葉をぶつけた。

これは美談でもなんでもない。母の純愛をもてあそんだ冷酷な男の話だ。

「あのときはそうするしかないと思い込んでいた。私の前から消えた静香が、お前をひとりで生んで育てているのは知っていたが、どうすることもできなかった。でも、癌を患い余命宣告された彼女から手紙が来たんだ」

「手紙？」

想像もしなかった事実に目を瞠る。

「私はもう長くない。賢太をお願いしますと」

「母さんが……？」

母が死期を悟っていたことも、そんな状態にありながら俺の将来を慮って父にあとを託したことも知らなかった。

「私は静香になにひとつしてやれなかった。せめて最期の願いは聞き届けたいと、英子の反対を押し切ってお前を引き取った。だが英子の手前、お前に優しくすることもできず……情けない父親だ」

苦しげな表情で告白する父は、いつもよりずっと小さく見えた。

「柳原家に来てから、どうして放っておいてくれなかったんだと何度も思いました。母さんを悪く言われるのがどれだけ悔しかったか。正直、今でもそんな想いがここにあります」

俺が自分の胸を叩くと、神妙な面持ちの父はうなずく。

それからしばらく続いた沈黙を破ったのは俺だ。

「殴らせてください」

「賢太さん？」

驚いた様子で早緒莉が俺の腕を握ったが、彼女はすぐにその手を放した。俺の気持ちを察したのだろう。

「もちろんだ」

俺は父に近づき、渾身(こんしん)の力で左頬に拳(こぶし)を打ち込んだ。すると、倒れ込んだ父に早緒莉が駆け寄る。

「これは、母さんの痛みだ。そして俺の……。でも、もうこれで忘れる。俺には早緒莉を幸せにするという仕事があるんだ」

激しい感情がこみ上げてきて目頭が熱くなる。しかし、ようやくこれで背負っていた重い荷物を下ろせる気がした。

頬を押さえながら早緒莉に「大丈夫だよ」と言った父は、立ち上がって俺に視線を送る。

「私は早くお前に次を譲(ゆず)って引退したくてたまらなかった。他人(ひと)を傷つけることしかできない私にトップに立つ資格などないとずっと思っていた」

「早く俺に次を、とはどういう意味ですか？　社長就任の条件に結婚していることと追加したのは、俺を排除するためじゃないんですか？」

まるで以前から決めていたような言い方が引っかかる。

「あれは、私が出した条件ではない。お前を社長候補から外(はず)そうとした学が英子と相談して、私の指示として連絡したようだ。私は最近まで知らなかった。しかし、悪いのは私だ。お前たち兄弟を対立させてしまったのは、私なのだから」

兄の画策だったのか。

「学は勘がいい。私がお前を社長に推したいと思っていることを見抜いていたのかもしれない」

「どうして俺を？」

正直、一番分が悪いと思っていたので、理解に苦しむ。

「お前たち三人の仕事ぶりはそれぞれの社長から常に報告を受けていた。お前は部下にとんでもなく厳しいそうだが、かといって離職する者は少ない。どうしてなのかと不思議だったが、お前自身が泥水を飲んで這い上がってきたからだろうなと思った」

早緒莉が納得したようにうなずいている。

「偉そうに指示を出すだけなら人は離れていく。学と誠には少しそういうところが見られるが、お前は自分に課すハードルも高い。上司が奮闘しているのだからと部下も奮い立つ。上に立つ者の見本となれるだろう」

父にそんなチェックをされているとは知らなかったが、特に気負うこともない。今後も同じように働くだけだ。

「そうでしたか」

「お前たち三人の頑張りで、グループの売り上げも安定してきた。この先はお前に任せたい」

「はい」

母への罪滅ぼしではなく、純粋に仕事ぶりを認めてもらえたのであれば、堂々と社長のイスに座らせてもらおう。

俺が返事をすると、表情を和らげた父は早緒莉に視線を向ける。

「それと早緒莉さん。フィエルテの社長が話していましたよ。賢太と唯一対等に渡りあえる刺激的な部下だと」

「し、刺激的？」

早緒莉は目を点にしているが、実に的を射ていると感じて口角が上がる。

「賢太が言うとおり、あなたは最高のうしろ盾だ。これからも賢太をお願いします」

「いえっ、こちらこそ」

勢いよく頭を下げた早緒莉だが、なかなか顔を上げない。どうしたのかと思ったら、手で目を拭(ぬぐ)ったので泣いているのだと察した。

俺は早緒莉の肩に手を置いて口を開く。

「父さん。母さんの墓参りをしてください。俺はもう前だけを向いて歩きたい。早緒莉を幸せにしたい」

「ああ。わかった。ふがいない父親ですまない。それでは失礼する」

父が部屋を出ていくまで、早緒莉は小刻みに震えたまま顔を上げなかった。

「早緒莉」

ドアが閉まった瞬間、俺は彼女を抱きしめた。

「ありがとう。今までやきもきさせた分、幸せを倍にして返すから」

「……はい」

シャツが彼女の涙で濡れていく。しかし、とても幸せな涙だった。

二度目のプロポーズ

賢太さんの実家から帰った夜。私たちは賢太さんが淹れてくれたブレンドを飲みながら、フィエルテの、いやＹＢＦコーポレーションの未来について話した。

私が離婚を切り出したあとは、家に仕事を持ち込まないように気をつけていた賢太さんだったが、今日は特別だ。

「あのチーズの話、びっくりしたよ」

カップを手にした彼は、興奮気味に話す。

「あはっ。実は阿部さんから返事が来たの、今朝だったんですよね。ギリギリセーフ」

間に合わないかとひやひやした。

「それにしても、ボヌーラに行ったとは……」

「たまたま行ったみたいな言い方をしましたけど、本当は最近毎日通ってたんです」

「毎日？」

カップに口をつける直前で動きを止めた賢太さんは、驚きで目が飛び出しそうになっている。

さすがに同じ人を誘うのも申し訳ないので、代わる代わる一課の人たちを連れて通っていたら、

「しつこさは天下一品」と西村さんに笑われた。

「はい。それで毎回シェフに会わせてほしいと言い続けていたら、うるさかったんでしょうね。なんとか出てきてくださって、チーズについていろいろ教えていただきました」

賢太さんから三社で力を合わせて会社を発展させたいと聞いてから、自分にできることはないだろうかと模索していた。そうしたら、ストラッチャテッラチーズがメニューから外れた影響で、ランチの行列が短くなっていると小耳に挟んだのだ。

私がいろいろ調べ始めたのは、学さんや誠さんにバカにされ続けるのが悔しかったのが大きな理由だ。それだけでなく、私のせいで批判される賢太さんにも申し訳なく思っていた。でも、もう賢太さんの妻をやめる予定はないので、認めてもらうために動くしかないと奮起したのだ。

「ついでに、食後のコーヒーはフィエルテのブレンドにしませんか？　とも売り込んでおきました」

「は？」

敏腕上司の呆けた顔は貴重だ。これからもこの顔を見るために頑張ろう。


お風呂から上がって寝室に行くと、すでにベッドに入っていた賢太さんはぼんやりしていた。

「どうしたんですか？」

隣に滑り込んで尋ねると、すぐさま抱き寄せられる。

「いろいろあったなと思って。けど、幸運の女神を手に入れられた俺は幸せ者だな」

「えっ、女神って私？」

「もちろん。早緒莉が俺のブレンドを認めてくれなければ、ずっと卑屈に生きていっただろうな。父さんや兄弟を恨むことだけにエネルギーを使って、無駄な人生を歩いたと思う」

優しい笑みを浮かべる彼は、私の額にキスを落とす。

「怒り続けるって結構なエネルギーがいりますもんね。でもこれからはそのエネルギーを仕事に使えるのか……。ちょっと待って。まさかもっと厳しくなったりはしないですよね」

「どうかな」

彼は含み笑いをしながら返事をする。

「鬼の称号をいただいているからには期待に応えないと」

「なんか間違ってますよ、それ」

眉根を寄せて抗議したものの、彼はどこ吹く風で笑いだした。

「でも、早緒莉の期待には応える。必ずお前を幸せにする」

彼が力強く宣言するのがうれしい。たくさん傷ついてきただろう。怒りなんていう言葉では表せないほど悔しい思いもしたはずだ。それを封印して明日を見つめる彼と、ずっと歩いていきたい。

「早緒莉」

「はい」

「一生俺についてきてほしい」

真剣な表情でのプロポーズのような言葉に感極まってしまう。賢太さんが背負ってきたものの大きさを知ったからなおさらだ。

「もちろんです」

そう答えた瞬間、彼は私の頬を大きな手で包み込み、唇を重ねた。唇を舌でこじ開けて口内に入ってきたかと思うと、逃がさないとばかりに私の舌を追いかけてきて絡めとる。私も彼の背中に手を回してしがみつき、激しいキスに酔いしれた。

「早緒莉」

たっぷりキスを堪能した賢太さんは、艶（つや）やかな視線を私に向ける。

「二度と離さないから覚悟しろ」

「……あっ」

彼はあっという間にパジャマのボタンを外（はず）し、右の乳房をすくうように握ってきた。

「少し触れただけなのに、勃（た）ってる。期待してる？」

彼の言うとおり、ふくらみの先端の蕾（つぼみ）はもう硬くなりその存在を主張している。彼はそこに口を近づけていき、フーッと息を吹きかけた。

「イヤ……ッ」

それだけで感じてしまうほど敏感になっている体は、たちまち火照（ほて）りだした。

触れてくれると思いきや、少し体を離して全身を視姦（しかん）してくるので、胸を隠す。

「見ないで」

「ダメだ。早緒莉の感じてる顔が見たい」

恥ずかしすぎて今度は両手で顔を覆うと、彼はふっと笑う。

「そこを隠すと、こっちが丸見えだ」

彼は右の乳暈(にゅううん)のすぐ横を、チュッと音を立てて吸い上げた。

「あっ……」

「それとも、ほんとは見せたかった？」

イヤイヤと首を振り、再び腕で胸を隠したものの、彼の力には敵(かな)わない。あっさり頭の上で両手を拘束されてしまった。

「いい眺めだ」

彼は目を細めて私の体をまじまじと見つめる。

「賢太、さん……」

「どうした？　目が潤(うる)んでるぞ」

そんなふうに視線で犯されると羞恥心(しゅうちしん)が煽(あお)られてしまう。心臓が暴れ始め、ドクドクと速いテンポで流れ出した血液が私の体を真っ赤に染めていく。

「ひゃっ」

彼に頬をそっと撫でられただけなのに、おかしな声が出てしまった。

「すごいな。全身が性感帯みたいだ」

「違っ……」

ちょっと触れられるだけで愛液があふれそうになるのに、それを認めたくない。

「こんなとろけた顔しておいて、違うんだ」

少しイジワルな言葉を吐いた彼は、再び唇を重ねてくる。奥深くまで差し込まれた舌が、私の唾液をすくいとるように動いた。

彼の髪に手を入れ、夢中で舌を絡ませる。次第に呼吸が荒くなり、酸素が肺まで入ってこなくなる。

苦しいのにやめたくない。彼の愛を感じながら逝ってしまいたい。

そんなとんでもない感情に支配され、体から力が抜けていく。

「その顔、ヤバいな」

どんな顔をしているというの？

賢太さんは尖らせた舌で私の首筋をツーッとなぞり、ショーツの中に手を入れてきた。花唇を指で開き、その奥で息をひそめていた突起を撫でる。

「……っあ……っ」

心地よい刺激に小さな声が漏れる。すると彼は、再びキスを落としながら、すでにショーツのクロッチをビシャビシャに濡らしている淫らな蜜を指に纏わせ、再び雛先に触れてきた。

「んぁっ……それ、熱い……。はぁぁぁぁ」

たちまちやってきた快感の波に呑み込まれそうになった瞬間、彼はすっと手を引いてしまった。

どうして？

火照ったまま取り残された体が疼いて腰がうねってしまう。

「なに？　もっと欲しかった？」

絶対にわかっていて煽っている。けれど、もう彼が欲しくて欲しくてたまらない私は、「欲しい」と言葉に出してねだった。

「かわいいな、早緒莉は」

私の恥ずかしい懇願に目を細めた彼は、ズボンとショーツをはぎ取ったあと、ヘッドボードを背もたれにして座った。そして私を脚の間に入れ、背後から抱きしめてくる。

硬い隆起を臀部に感じ、これからこれに奥まで突かれると思うだけで、体がカーッと熱くなる。

「脚、開いて」

「えっ？」

「続きをしてほしいんだろ？」

耳元で甘くささやかれて耳朶を食まれると、恥ずかしさより快楽を得たいという気持ちが強くなる。私はおずおずと両脚を広げた。

「そう。いい子だ。ここ、ヒクついてるね」

「イヤッ、言わないで……」

彼の指に転がされる肉芽はますます敏感になり、全身に快楽をもたらす。

「早緒莉、こっち向いて」

彼に命じられて顔をうしろに向けると、顎をすくわれ唇が重なった。

「んっ……んぁっ……あ……ぁぁぁっ」

蕾を愛でる指の動きが速くなり、たまらず脚を閉じる。

「ダメだ。自分で膝を抱えて」

そんなの、恥ずかしくて無理！

心の中で自分が叫んでいるのに、まるで催眠術にでもかけられたかのように命令に従ってしまう。

すると彼は、再び刺激を始めた。

あぁ、クる。

もう何度もイかされた体は、そのときがもうすぐやってくるのを知っている。

完全に体を預けて太ももをギュッと握ると、左胸の尖りを指でつままれて背をしならせる。

「そんな、両方……。も、ダメッ……賢太、さ……」

「イッて」

「あぁっ！」

彼に耳元でささやかれた瞬間、頭が真っ白になり、つま先まで電流が走り抜けた。

淫靡な行為に体をガクガク震わせる私は淫乱なのかもしれない。けれども、彼の指が、そして舌が繰り出す快楽は私を夢中にさせる。

「ヤ……まだ……んはぁっ」

痙攣が続いているというのに、彼は蜜壺に指を入れてきて中をこすりだす。

「そこ……っあ……。ふ……」

刺激が強すぎて再び達してしまいそうになる。彼の腕をつかんで必死に止めようとしたが、びくともしなかった。

「あっ……あぁぁ……ん！」

再び絶頂を迎えた私は、ガクッと彼にもたれかかる。しかし、余韻を味わう暇もない。避妊具をつけた滾る欲棒が、うしろから侵入してきた。

「あぁっ、待っ……」

太い楔が一気にめり込んできて強い悦楽に引きずられた私は、また達しそうになる。

「はー、いきなり締めつけるな」

そんなことを言われても、どうにもならない。

首を小さく横に振ると、突き上げ始めた彼に首筋を食まれてゾクッとする。

「早緒莉の中、熱すぎる。溶けそうだ」

私の腰を抱きかかえて荒々しく抽送を繰り返す彼は、「はぁっ、はぁ」と艶めかしいため息を落とす。そして揺れる双丘をわしづかみにして揉みしだき、思いきり奥まで腰を送ってきた。

「あぁっ、気持ち……い……」

「まだこれからだ。もっとよくしてやる」

滴る蜜がシーツにシミを作ってしまうが、あふれ出てくるそれを止める術など知らない。

一旦出ていった彼は、私を寝かせたあと再び覆いかぶさってきて体をつなげた。

「ごめん、止まらない」

「んっ、あっ……あっ……」

容赦なく続く律動に髪を振り乱して悶える。

「早緒莉、愛してる」

切なげな表情で愛をささやかれ、「キスして」とねだった。

彼は舌で歯列をなぞり、私の舌を追いかけ、唇を食む。そして、「愛してる」と繰り返す。

「私、も。愛してる。……んはっ」

それを合図に一層激しく腰を打ちつけ始めた彼は、悩ましげな表情で私を見下ろし呼吸を荒くする。

「もうヤバイ……」

「あぁっ、賢太さ……」

その瞬間、秘窟の奥に熱い欲望が放たれた。

エピローグ

ＹＢＦコーポレーションの株主総会で、賢太さんの役員就任が承認されてから一カ月。

彼はフィエルテの社長も兼任することとなり、ますます忙しくなっているけれど、たこさんウインナー入りのお弁当を毎日食べて奮闘している。

学さんと誠さんは賢太さんのトップ就任に激しく反発し、認めないと息巻いていた。しかし、賢太さんが作り上げた新しい流通システムを導入したら、どちらの会社も売り上げが顕著（けんちょ）に伸びて、なにも言えなくなったようだ。

株主総会の折に、今までの怒りを呑み込んだ賢太さんのほうからふたりに握手を求めたところ、私への暴言も含めて「今まで悪かった」と謝ってくれたのだとか。

お父さまが、どんな話をしたのかはわからない。けれども、「どの面下げて母さんの前に現れたんだと思ってた。でも、お前の母親も苦しんだんだな」と学さんに言われたらしい。おそらくお父さまが真実を包み隠さず話して、しっかり謝罪してくれたのだと思う。

家族を苦しめたお父さまの行動は許されるものではないけれど、政略結婚の犠牲になったのだと思うと同情するところもある。学さんたちのお母さまも犠牲者に違いない。賢太さんを愛せなかったことを責めるのも酷（こく）だ。

そう考えると、好きな人と一緒に生きていけるという幸せを大切にしなければ、としみじみ思った。

自分から兄弟に歩み寄った賢太さんも、わだかまりがすべてなくなったわけではないはずだ。それでも、グループの未来のために奮闘している。幼少期に負った心の傷は簡単には消えないだろうが、それを癒(いや)すのは私の仕事だ。これから誰もがうらやむような幸せな家庭を築いていきたい。

「有馬。ヤバいって、これ」

今日は朝から西村さんが騒がしい。

「なにがですか？」

「まだ見てないの？」

彼に手招きされてパソコンのモニターを覗くと、あの大学内のカフェが過去最高益を達成していた。

「やりましたね」

「SNSもすごいぞ。最近はマンゴーが一番人気みたいだ」

ベータカロテンが豊富に含まれるアルフォンソマンゴーをメインにして作った野菜ジュースのことだ。ベータカロテンはシミに効くと言われていて、私も積極的に飲んでいる。

「おいしいんですよ、あれ」

「有馬のレシピは却下だったんだろ？」

彼はニタニタ笑う。

「黒歴史を掘り起こさないでください」

味覚が鈍感な私発案のレシピは残念ながらひとつも実現しなかったが、商品開発部の優秀な人たちのおかげで大成功だ。

石井部長をはじめとした彼らも、賢太さんの妥協しない、そしてあきらめない精神を受け継いで日々開発に励んでいる。

「有馬、すごいよな。カフェバーも順調だし」

「ありがとうございます」

初めて出店したカフェバーも絶好調だ。実はボヌーラのシェフにお願いして料理のレシピを考案してもらったのだ。味はもちろん本格的だし、盛りつけも鮮やかで評判を呼んでいる。

まさにグループ三社がタッグを組んで成功した例と言っていい。

「来週は休みか……」

「はい。いろいろフォロー、お願いします」

ごたごたしていてかなり遅くなってしまったが、週末に結婚式が決まった。一課の仲間にも出席してもらう手はずになっている。その後フランスへの新婚旅行も計画しているため、来週はお休みをもらう予定だ。

「もちろん。鬼がデレるところを見られるんだな。胸あつ」

「言っておきます」

「やめろ」

賢太さん、デレるのかな。たこさんウインナーを食べてる時点でデレている気がしなくもないけれど、表情は変えずに食べてるからな……

いや待てよ。以前愛する妻とかなんとか思いきり宣言してたような。でもあのときは真顔だった。

それはそれで恥ずかしい。

とにかく、週末が楽しみだ。


結婚式当日は晴天で、私たちの門出を祝ってくれているかのようだった。

念入りに下見をして選んだのは、とあるホテルのチャペル。格調高いステンドグラスに差し込む光がとても優しく、心穏（おだ）やかになれる雰囲気を気に入って即決した。

オーダーしたオフショルダーのドレスは、アンティークレースがふんだんに使われており、とても華やかに仕上がっている。

チャペルの扉が開け放たれると、緊張でカチカチに固まる父の腕を取り、純白の大理石でできた長いバージンロードを踏みしめるように一歩一歩進んだ。

祭壇の前には黒いタキシードを完璧に着こなした賢太さんが待っている。

父から私を託された彼は、優しく微笑んでくれた。

右側前列には柳原のお父さま。そして学さん、誠さん両夫婦。残念ながらお義母（かあ）さまは欠席なのだが、いつか雪解けする日がくるのを願っている。左側前列は私をエスコートしてくれた父と、もうすでに泣きそうな母。そして、ふたつ年下の妹。両親にドレス姿を見せられて、私も感無量だ。

心地いい緊張感の中、式は粛々と進む。

「新郎、柳原賢太。あなたは柳原早緒莉を、病めるときもすこやかなるときも、富めるときも貧しきときも、妻として愛し、敬い、慈しむことを誓いますか？」

牧師さまの問いかけに賢太さんが「はい、誓います」と力強く答えたとき、胸の奥からなにかがこみ上げてきて瞳が潤んだ。

この先どんな困難があろうとも、ともに支え合い必ず乗り越えてみせる。そして、温かい家庭を築いて、賢太さんの天国のお母さまを安心させたい。

「新婦、柳原早緒莉。あなたは柳原賢太を、病めるときもすこやかなるときも、富めるときも貧しきときも、夫として愛し、敬い、慈しむことを誓いますか？」

「はい、誓います」

感動の涙をこらえきれなくなり声が震えると、賢太さんが私の背中にそっと手を置いてくれた。

緊張しながらも指輪の交換が終わり、いよいよ誓いのキスだ。

私のベールを上げた彼は、頬に手を伸ばしてきてこぼれた涙を優しく拭う。

「もう、幸せの涙しか流させない」

温かな言葉に私が小さくうなずくと、「愛してる」とささやいた彼は熱い唇を重ねた。

私たち夫婦の幸福な時間は、まだ始まったばかりだ——

～大人のための恋愛小説レーベル～

ETERNITY
エタニティブックス

甘すぎる媚薬にご用心!?

冷徹秘書は生贄の恋人を溺愛する

エタニティブックス・赤

砂原雑音

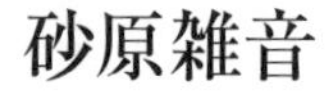

装丁イラスト／海月あると

総務課に勤める二十六歳の佳純（かすみ）。彼女の日常は、厄介な先輩のフォローに明け暮れる日々。そんな中、またもや先輩がとんでもないことをやらかした！　玉の輿大本命のイケメン社長に近づくため、邪魔な社長秘書に媚薬を盛ったと言うのだ。しかも、その足止めを佳純に命じてきて!?　捕まった相手は「悪魔」と呼ばれるドＳ秘書。意地悪なのに、とびきり甘い彼の手に身体も心も乱されて……

※エタニティブックスは大人の女性のための恋愛小説レーベルです。ロゴマークの色で性描写の有無を判断することができます（赤・一定以上の性描写あり、ロゼ・性描写あり、白・性描写なし）。

詳しくは公式サイトにてご確認ください。
https://eternity.alphapolis.co.jp/

携帯サイトはこちらから！

恋愛小説「エタニティブックス」の人気作を漫画化!
EC
Eternity COMICS
溺愛フレンズ
溺愛フレンズ
原作◉砂原雑音
漫画◉ミユキ
俺と結婚したことを
後悔させない
あっ
友達に戻れなくなる――――!
もう少しちひろと
二人の時間が
欲しい気もする
父親の意向で親戚のダメ男と結婚させられそうになったちひろ。彼女はとっさに「結婚前提の恋人がいる」と両親に嘘をついてしまった…! 慌てて婚活アプリを頼るが上手くいかない。ピンチのちひろに学生時代の友人、諒(りょう)が「なら俺と結婚すればいい」と言い出して!? 諒の提案に飛びついたちひろ。でも長年の友人のはずなのに…夫婦のフリのはずなのに……諒は色気過多にちひろを翻弄してきて――
親友の彼と
夫婦のフリのはずが…
とろけるほどの
甘い蜜月――
これって
友情…?
コミックス特典
描きおろし
15p収録!

KINDAN DEKIAI

禁断溺愛

EC Eternity COMICS

漫画 まるはな郁哉
原作 流月るる

親同士の結婚により、中学生時代に湯浅製薬の御曹司・巧と義兄妹になった真尋。一緒に暮らし始めた彼女は、巧から独占欲を滲ませた態度を取られるように。そんな義兄の様子に真尋の心は揺れ、月日は流れ――真尋は、就職を機に義父との養子縁組を解消。しかし、巧にその事実を知られてしまい、「赤の他人になったのなら、もう遠慮する必要はないな」と、甘く淫らに迫られて……

B6判 定価:704円(10%税込) ISBN 978-4-434-29613-0

夏澄は日本有数の複合企業・深見グループの社長、良一の第一秘書。優れたカリスマ性を持っており、女性からも引く手あまたな良一を時に叱咤しながら支えてきた。良一に対する気持ちはあくまで、尊敬できる上司として……そう言い聞かせてきた夏澄だが、ある日休息のために入ったホテルでふたりは一線を越えてしまう。これは一夜限りの夢——そう割り切ろうとしつつも、これまで抑えていた想いが溢れ出してしまい……？
ブルームーンのカクテル言葉は『叶わぬ恋』『無理な相談』そしてもうひとつ——…

B6判　定価：704円（10%税込）　ISBN 978-4-434-29494-5

この作品に対する皆様のご意見・ご感想をお待ちしております。

おハガキ・お手紙は以下の宛先にお送りください。

【宛先】

〒150-6008 東京都渋谷区恵比寿4-20-3 恵比寿ｶﾞｰﾃﾞﾝﾌﾟﾚｲｽﾀﾜｰ 8F
（株）アルファポリス　書籍感想係

メールフォームでのご意見・ご感想は右のＱＲコードから、
あるいは以下のワードで検索をかけてください。

アルファポリス　書籍の感想 

ご感想はこちらから

新妻初夜（にいづましょや）　～冷徹旦那様（れいてつだんなさま）にとろとろに愛（あい）されてます～

佐倉伊織（さくらいおり）

2021年 12月 25日初版発行

編集－塙綾子
編集長－倉持真理
発行者－梶本雄介
発行所－株式会社アルファポリス
〒150-6008 東京都渋谷区恵比寿4-20-3 恵比寿ｶﾞｰﾃﾞﾝﾌﾟﾚｲｽﾀﾜｰ8F
TEL 03-6277-1601（営業） 03-6277-1602（編集）
URL https://www.alphapolis.co.jp/
発売元－株式会社星雲社（共同出版社・流通責任出版社）
〒112-0005東京都文京区水道1-3-30
TEL 03-3868-3275
装丁イラスト－ワカツキ
装丁デザイン－AFTERGLOW
（レーベルフォーマットデザイン－ansyyqdesign）
印刷－株式会社暁印刷

価格はカバーに表示されてあります。

落丁乱丁の場合はアルファポリスまでご連絡ください。

送料は小社負担でお取り替えします。


ISBN978-4-434-29707-6 C0093